SEISHI KISHIMOTO

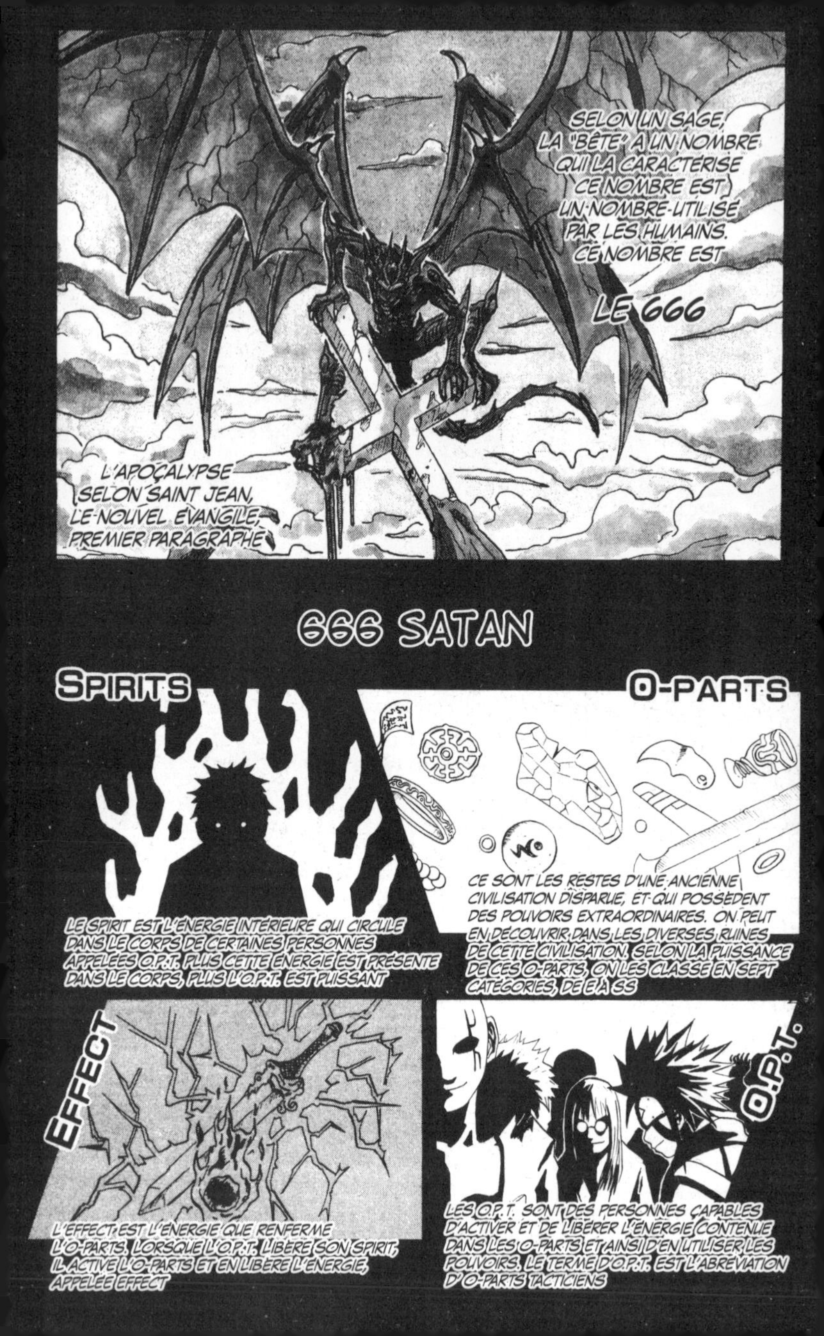
SELON UN SAGE, LA "BÊTE" A UN NOMBRE QUI LA CARACTÉRISE CE NOMBRE EST UN NOMBRE UTILISÉ PAR LES HUMAINS. CE NOMBRE EST
LE 666
L'APOCALYPSE SELON SAINT JEAN, LE NOUVEL ÉVANGILE, PREMIER PARAGRAPHE
666 SATAN
SPIRITS
O-PARTS
CE SONT LES RESTES D'UNE ANCIENNE CIVILISATION DISPARUE, ET QUI POSSÈDENT DES POUVOIRS EXTRAORDINAIRES. ON PEUT EN DÉCOUVRIR DANS LES DIVERSES RUINES DE CETTE CIVILISATION. SELON LA PUISSANCE DE CES O-PARTS, ON LES CLASSE EN SEPT CATÉGORIES, DE E À SS
LE SPIRIT EST L'ÉNERGIE INTÉRIEURE QUI CIRCULE DANS LE CORPS DE CERTAINES PERSONNES APPELÉES O.P.T. PLUS CETTE ÉNERGIE EST PRÉSENTE DANS LE CORPS, PLUS L'O.P.T. EST PUISSANT
EFFECT
O.P.T.
L'EFFECT EST L'ÉNERGIE QUE RENFERME L'O-PARTS. LORSQUE L'O.P.T. LIBÈRE SON SPIRIT, IL ACTIVE L'O-PARTS ET EN LIBÈRE L'ÉNERGIE, APPELÉE EFFECT
LES O.P.T. SONT DES PERSONNES CAPABLES D'ACTIVER ET DE LIBÉRER L'ÉNERGIE CONTENUE DANS LES O-PARTS ET AINSI D'EN UTILISER LES POUVOIRS. LE TERME D'O.P.T. EST L'ABRÉVIATION D'O-PARTS TACTICIENS

PRÉSENTATION DES PERSONNAGES

■ HÉROS DE CETTE HISTOIRE, IL EST UN O.P.T. QUI RÊVE DE CONQUÉRIR LE MONDE. IL EST TRÈS PUISSANT MAIS ON NE SAIT RIEN SUR SES ORIGINES ET SEMBLE PORTER UN SECRET EN LUI. IL POSSÈDE UN O-PARTS DU NOM D'ADVANCE ZEROSHIKI, DE CLASSE B ET DONT L'EFFECT EST DE TRIPLER L'ÉNERGIE

■ RUBY EST UN CHASSEUR DE TRÉSORS. ELLE A LA FACULTÉ DE POUVOIR LIRE ET DÉCHIFFRER LES ÉCRITURES DES ANCIENNES CIVILISATIONS ELLE FIT LA CONNAISSANCE DE JIO DURANT SON PÉRIPLE POUR TROUVER L'O-PARTS LÉGENDAIRE

■ C'EST L'APPARENCE DE JIO LORSQUE CELUI-CI SE TRANSFORME SOUDAINEMENT. IL POSSÈDE UNE PUISSANCE INCROYABLE ET IL EST ENTOURÉ DE MYSTÈRES

RÉSUMÉ DES ÉPISODES PRÉCÉDENTS :

ASKALD EST UN MONDE OÙ LES CHASSEURS DE TRÉSORS DE TOUT POIL, S'AFFRONTENT POUR RETROUVER LES O-PARTS, CES TRÉSORS, RESTES D'UNE CIVILISATION ANCIENNE AUJOURD'HUI DISPARUE...
MAIS IL EXISTE AUSSI EN CE MONDE, UNE CRÉATURE QUI TERRORISE TOUT LE MONDE ON RECONNAÎT CETTE CRÉATURE MONSTRUEUSE AU NOMBRE QU'ELLE PORTE SUR SON FRONT :

666, LE NOMBRE DE LA BÊTE.
LE JEUNE JIO ET LA CHASSEUSE DE TRÉSORS, RUBY, SONT À LA RECHERCHE DE L'O-PARTS LÉGENDAIRE ET DU PÈRE DE CELLE-CI. DURANT LEUR PÉRIPLE, ILS FONT HALTE DANS LA CITÉ D'ENTOTSU, QUI EST DIRIGÉE PAR LES FORCES GOUVERNEMENTALES.
JIO VA ALORS FAIRE CONNAISSANCE DES MEMBRES DE L'ORGANISATION CRIMINELLE DE ZENOM, ET D'UN DE SES SUBORDONNÉS, WISE, AINSI QUE D'UN O-PARTS EXTRÊMEMENT PUISSANT ET SANGUINAIRE, MEKISHIS. APRÈS LES AVOIR DÉFAITS, JIO A PERMIS À LA CITÉ DE RECOUVRER SA LIBERTÉ.
L'EXPERT EN O-PARTS, KIRIN, DEMANDE ALORS À JIO DE SE DIRIGER VERS LA CITÉ DE DUSTOM. UNE NOUVELLE ÉPOPÉE VA ALORS COMMENCER POUR TOUS NOS HÉROS...

666 SATAN 7

TABLE DES MATIÈRES

SOUS LE SOL DU GRAND CONTINENT D'ASKALD, SOMMEILLE UN POUVOIR EXTRAORDINAIRE QUE L'ON APPELLE O-PARTS
CES O-PARTS POSSÈDENT UNE FORCE INCROYABLE APPELÉE EFFECT, QUE LA SCIENCE ACTUELLE NE PEUT ENCORE EXPLIQUER, OU ENCORE, QUE MÊME LES TECHNIQUES MODERNES LES PLUS AVANCÉES N'ONT PU ENCORE RECRÉER ARTIFICIELLEMENT
CES O-PARTS SONT CLASSÉS EN FONCTION DE LEUR PUISSANCE. CES CLASSES SONT AU NOMBRE DE 7, ET SONT : E, D, C, B, A, S ET SS POUR LES PLUS PUISSANTS
ET CES O-PARTS NE PEUVENT ÊTRE ACTIVÉS QUE PAR UNE CERTAINE CATÉGORIE DE GENS...
ON LES APPELLE O-PARTS TACTICIENS OU PLUS COMMUNÉ-MENT O.P.T.
LES ARCHÉO-LOGUES ET LES O.P.T. SE LIVRENT UNE GUERRE SANS MERCI POUR DÉCOUVRIR ET RASSEMBLER CES TRÉSORS
CES "CHASSEURS DE TRÉSORS" SONT DONC DE PLUS EN PLUS NOMBREUX, ET LA GUERRE QU'ILS SE LIVRENT TOUS EST DEVENUE PLUS TERRIBLE ENCORE CES DERNIERS TEMPS... C'EST ALORS QUE...

LA LÉGENDE DE SATAN REFIT SURFACE...

CHAPITRE 25 :
LA LÉGENDE DU SPIRIT

SEISHI ET LA CHASSE AUX INSECTES

SEISHI ET LE BAMBOU

(NDT : AU JAPON, LES JEUNES GENS QUI PRATIQUENT LES ARTS MARTIAUX, MAIS AUSSI LE BASE-BALL ONT GÉNÉRALEMENT LES CHEVEUX TRÈS TRÈS COURTS)

(CES PETITES HISTOIRES ME SONT RÉELLEMENT ARRIVÉES)

SPLASHH
ELLE EST BIEN FRAÎCHE !
GLOU GLOU
JE SUIS UNE FRÊLE JEUNE FILLE DE 15 ANS. JE NE SUIS PAS TRÈS FORTE, MAIS JE SUIS À LA RECHERCHE DE L'O-PARTS LÉGENDAIRE ! JE SUIS CE QUE L'ON NOMME COMMUNÉMENT, UNE CHASSEUSE DE TRÉSORS
JE M'APPELLE RUBY CRESCENT !
BIEN !
PLOC
MAIS...
TAP

REGARDEZ-MOI ÇA... UNE JOLIE PETITE POULETTE, ET TOUTE SEULE. QU'EST-CE QUE TU FAIS PAR ICI ?
ALLEZ, COMMENCE PAR NOUS DONNER TON SAC !
OOHHH !
QUI DIT VOYAGE, DIT PARFOIS ENNUIS !
CLIC
SWOUSHHH
CHUIS SÛR QUE T'AS DES O-PARTS DANS CE SAC...
ÇA SE SENT D'ICI !
ZZZT
TZZZZ
N'AP-PROCHEZ PAS !
...
PSCHHHH
NOUS SOMMES DES O.P.T. QUI FONT PLEURER LES JEUNES FILLES...
TU N'AS PAS DE CHANCE, MA PETITE CHATTE...

SVOUS HHHH
HMM ?
OUAHHHHH
TU PEUX MÊME PU TE LEVER, C'EST ÇA ?
TAP
BAAF
O-PARTS : COOL BALL (COUVERCLE POUR LÉGUMES SAUMURÉS)
SPLASH
OH ?
TAP
C'EST QUI, CE GAMIN ?!

CE GARÇON S'APPELLE BALL
J'AI RENCONTRÉ CE MINI "BOB MARLEY" LORS DE MES AVENTURES DANS LA CITÉ D'ENTOTSU
À VOUS, LES LASCARS QUI AVEZ LEVÉ LA MAIN SUR RUBY, VOUS NE MÉRITEZ QUE MON MÉPRIS ! YO !
OUAH !
PLAF
ARGHHH !
!!
SLIPP
ALLEZ, JE VAIS LEUR METTRE LA FIÈVRE...
WESH ! QUELLE ENTRÉE, J'ASSURE GRAVE !
ON S'EN FICHE ! PRENDS-LUI SON SAC ! JE PRENDS CELUI DE LA FILLE !
QU'EST-CE QU'IL S'EST PASSÉ ?
ET MAINTENANT, QU'EST-CE QU'ON FAIT ?
LE STYLE... AVANT... TOUT...
RHAAAAAA

FLAP
ALLEZ, DONNE-MOI ÇA !
NOOON ! JIO !!!
O-PARTS : ZÉROSHIKI ADVANCE
PA
!!
QUOI ENCORE ?!
FFF
FLAP FLAP FLAP TAP

NOUS SOMMES DES O.P.T. QUI FONT PLEURER LES VOLEURS...
ZZTTTZZZTTTTTT
CLING
VOUS N'AVEZ PAS DE CHANCE, LES GARS...
LUI, C'EST JIO FLEED. C'EST LE PREMIER GARÇON QUE J'AI RENCONTRÉ, DURANT MON VOYAGE. SON RÊVE EST DE DOMINER LE MONDE. IL EST ASSEZ ÉTRANGE, COMME GARÇON

JIO !
JE N'AI POURTANT PAS FRAPPÉ FORT...
PSCHHHH
ARHH
LE SPIRIT ÉMANE DE SON CORPS...
SE POURRAIT-IL QU'IL SOIT UN VÉRITABLE O.P.T. ?
BON SANG...
PLAF
SPLASHH
ÇA VOUS APPRENDRA À NOUS ATTAQUER
QUOI, C'EST TOUT CE QU'ILS ONT ?
OUILLE
OUILLE
CLING
SCHH
SCHH
JIO, T'ES PLUTÔT LENT COMME GARDE DU CORPS !
TU ÉCOUTES ?
EH OUI, CES DEUX-LÀ SONT DES O.P.T. ! ILS NE SONT POURTANT QU'UN SUR 20000 À AVOIR CE POUVOIR D'ACTIVER LES O-PARTS

VOUS CROYEZ VRAIMENT QU'Y A QUELQUE CHOSE D'EXTRAORDINAIRE CACHÉ DANS CES VIEILLES RUINES ...?
NOUS SOMMES DANS LES GRANDES RUINES DE DUSTOM. CES VESTIGES FABULEUX SE TROUVENT À UNE CINQUANTAINE DE KILOMÈTRES AU SUD-OUEST DE LA CITÉ D'ENTOTSU
JE SENS QU'ON EST PROCHES...
HEY, TROP STYLE...

J'AI UN MESSAGE D'AMIDABA, POUR VOUS. VOUS DEVEZ VOUS RENDRE DANS LES RUINES DE DUSTOM ET CONTACTER UN CERTAIN WEEK
ÇA FAIT DÉJÀ DEUX SEMAINES QUE NOUS SOMMES LÀ...
ET...
PFFFF
HMM?
CRRR
CRRR
CRR
OUAH !
BADAM
SALES GAMINS ! VOUS AVIEZ DIT QUE VOUS AIDERIEZ ET VOUS VOUS ÊTES DÉFILÉS !
JE ME DOUTAIS QUE VOUS SERIEZ DANS CES RUINES !
PLIC
PLOC

GRRRR
LE VOILÀ !
OUAH, FUYONS !
ATTENDEZ-MOI, SALES GOSSES !
CETTE ESPÈCE D'OURS EST UN ARCHÉOLOGUE. C'EST WEEK, LA PERSONNE QU'AMIDABA NOUS AVAIT DEMANDÉ DE CONTACTER. SEULEMENT, IL N'A RIEN VOULU NOUS APPRENDRE
SI CE N'EST TRAVAILLER POUR LUI COMME DES LARBINS
IL DIT LE CONTRAIRE DE CE QU'IL FAIT !
AMIDABA, JE TE RETIENS, TOI ! CET ESCLAVAGISTE PASSE PLUS DE TEMPS À NOUS POURSUIVRE QU'À NOUS AIDER À FAIRE DES FOUILLES !
TAP TAP
HOP
TAP.
TAP

BLEBLEBLE
TU OSES TE MOQUER DE MOI !?
TU VAS VOIR UN PEU, SALE GAMIN !
ÇA ME FAIT UN SUPER ENTRAÎNEMENT DE JOUER À LUI ÉCHAPPER !
HOP !
SVOUSHHH
HUMPF !
TAP
PAS QUESTION DE ME LAISSER DISTANCER, MEC !
GRÂCE À JIO ET BALL, J'AI ENFIN PU..
AHA...
AHA...
AHA...
LUI ÉCHAPPER...

AHA...
PAPA...
PAPA, DIS-MOI...
QU'ES-SAYAIS-TU DE TROUVER ?
HMMMM...
FLAP FLAP

JE SUIS SÛRE QUE CES RUINES CACHENT QUELQUE CHOSE !
QUELQUE CHOSE QUE JE RECHERCHE !
TAP
HÉ HÉ
JE TE TIENS, RUBY !
OH !
LA MAISON DE WEEK, SOUS LE CHAMPIGNON FOSSILISÉ DE LA CRÊTE DE LAVE
ET QU'AVEZ-VOUS DÉCOUVERT, CETTE FOIS ?
TAP

WEEK NOUS HÉBERGE ACTUELLEMENT DANS SA MAISON...
WEEK N'A PAS ARRÊTÉ DE NOUS...
ET BIEN... RIEN DE BIEN IMPORTANT AUJOURD'HUI... HAHAHA
MIAM
CRRR
MIAM
MMMHHH
MIAM
YO, C'EST SUPER BON !
BERTHYL, LA FEMME DE WEEK EST VRAIMENT ADORABLE. ELLE EST COMME UNE MÈRE POUR NOUS, EN CE MOMENT
AH...
N'OUBLIEZ PAS QUE MÊME DES CHASSEURS DE TRÉSORS PROFESSIONNELS NE REVIENNENT PARFOIS PAS DE CES RUINES, ALORS NE FAITES PAS DE BÊTISE !
TU ES TROP GENTILLE ENVERS CES GARNEMENTS !
ILS NE PENSENT QU'À SE GOINFRER ET À ÉCHAPPER AU BOULOT
CES RUINES SONT CLASSÉES "B" EN FONCTION DE LEUR ÉTENDUE ET DE LEUR ANCIENNETÉ
IL N'Y A RIEN QUI PUISSE VOUS INTÉRESSER DANS CES RUINES, ALORS SI VOUS TENEZ À RESTER EN VIE, VOUS FERIEZ MIEUX DE BOSSER POUR MOI !

HEY DRÔLEMENT BON, ÇA ! TIENS, RUBY.... ♡
MIAM
AH, DONNE ÇA, TOI !
CLONG
ATTENTION, VOUS ALLEZ TOUT RENVERSER !
MIAM
MAIS VOUS ALLEZ ÉCOUTER, OUI ?!
CRAC
...
CRAC
VOUS EN FAITES UNE TÊTE, TOUS LES DEUX ?
LE GOÛT DE CES LÉGUMES, NON....
ILS SONT DE LA PART D'UN VOYAGEUR, POUR NOUS REMERCIER DE L'HÉBERGER POUR LA NUIT
PLOC
MIAM
MIAM
TIENS, LE VOILA D'AILLEURS, JUSTE À TEMPS POUR DÎNER...
TAP
TAP
VOUS AVEZ RÉUSSI À IDENTIFIER MES LÉGUMES ? VOUS AVEZ FAIT DES PROGRÈS....

BADA BOUM
ÇA FAISAIT LONGTEMPS...
JIO, BALL ! ÇA VA ?
DEPUIS QUE JE VOUS AI RENCONTRÉS, VOUS M'AVEZ REDONNÉ L'ENVIE DE VOYAGER
HAHAHA
HA
ET QUEL HASARD DE VOUS RETROUVER ICI...
HAHAHA. LES VOYAGES FORMENT LA JEUNESSSE DIT-ON...
VOUS CONNAIS-SEZ CETTE PERSONNE ?
BOBARDS, OUI...
UN PEU...
VOUS NE DEVEZ PAS AVOIR DES JOURNÉES DE TOUT REPOS AVEC CES DEUX-LÀ...
PAS DU TOUT...
AU CONTRAIRE, GRÂCE À EUX, CETTE MAISON EST PLEINE DE VIE !

C'EST BIEN VRAI !
ILS PASSENT LEUR JOURNÉE À S'AMUSER, ILS N'ÉCOUTENT JAMAIS CE QU'ON LEUR DIT ET SE PAIENT LA TÊTE DES ADULTES...
QUAND JE PENSE QU'À L'ÉPOQUE DE NOTRE MARIAGE, TU NE PARLAIS QUE DE JOUER AU BASE-BALL AVEC TON FUTUR FILS...
TU EXAGÈRES !
QUOI, WEEK... ?
C'EST VRAI ÇA ?
C'EST INCROYABLE...
PAS DU TOUT...
JE N'AI JAMAIS DIT ÇA...
FLAP FLAP
BON, VOUS AVEZ FINI DE MANGER, ALORS...
IL EST TEMPS D'ALLER DORMIR !
SVOUSH

DÉCIDEM-
MENT...
IL ME FAIT PEUR, CE WEEK, MEC...
"VOUS AVEZ FINI DE MANGER, ALORS IL EST TEMPS D'ALLER DORMIR !", GENRE !
IL SE LA JOUE PÈRE DE FAMILLE ALORS QU'IL DÉTESTE LES ENFANTS...
HEIN ?
HEIN ?
GRRRR
EUH, O... OUI ! TU AS RAISON, ON DIRAIT TROP UN PÈRE DE FAMILLE... !
T'ES SÛR QUE ÇA VA, JIO ?
HEU, RIEN... BONNE NUIT !
PLOF
HIHIHI...
UN PÈRE DE FAMILLE... HIHIHI

Café
Green
HM M...
BONJOUR, JE VOUS PRENDS CES 2 RADIS
BON-JOUR !
OH, C'EST RARE DE VOUS VOIR FAIRE LES COURSES ENSEMBLE ...
DEPUIS QUE CES TROIS OGRES SONT À LA MAISON...
LE BUDGET POUR LA NOURRITURE A QUADRUPLÉ ! PFFF !!!
IL EST VRAIMENT IMPRESSIONNANT...
HEU...
VOUS N'AVEZ PAS D'ENFANT, ALORS QUI SONT CES TROIS PERSONNES ?
SERAIENT-CE DES ENFANTS D'UN AUTRE MARIAGE OU...?
PAS DU TOUT ! NE DITES PAS N'IMPORTE QUOI !

PARDONNEZ-MOI, MAIS M. WEEK NE VIT QUE POUR SON TRAVAIL...
IL NE DONNE PAS VRAIMENT L'IMPRESSION D'AIMER LES ENFANTS, ALORS...
JE SAIS...
IL JOUE TOUJOURS LE GROS INDIFFÉRENT INSENSIBLE, MAIS...
CES TROIS PETITS INVITÉS D'UN COUP, C'EST COMME SI NOUS AVIONS DES ENFANTS À LA MAISON
ET MÊME S'IL EST TRÈS CONTENT DE ÇA, IL EST TELLEMENT TIMIDE QUE QUELQUE PART, LE CRIER SUR TOUS LES TOITS AU MARCHÉ, C'EST UN PEU SA FAÇON À LUI D'EXPRIMER SA JOIE
SVOUSHHH
HEEEE?
ÇA ALORS, JE NE L'AURAIS JAMAIS IMAGINÉ COMME ÇA...
EH, PATRON !
OUAAAHH !
JE PRENDS CES TROIS-LÀ !
D'ACCORD ...
PAF

NON !!
RUINES DE DUSTOM
IL Y A DEUX COULOIRS ! ON PREND LEQUEL ?
L'ÉNIGME DISAIT BIEN QUE LA NUIT ÉTAIT LA CLÉ !
GLISS
GLISSSS
DONC, DIRECTION LE NOIR !
MAIS ARRÊTEZ ! LA SORTIE EST À DROITE, VOUS NE VOYEZ PAS ?! YOOOO !
GLISSSSSS

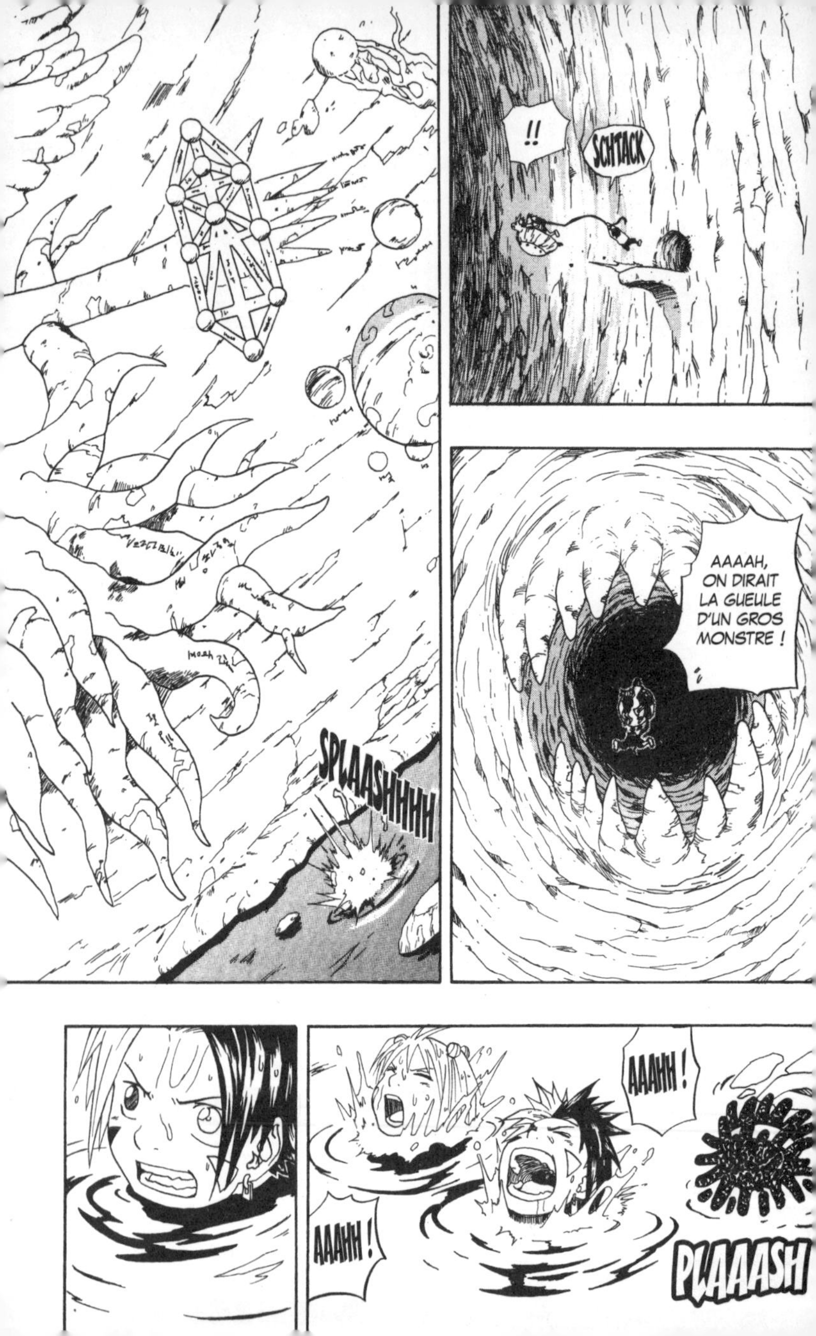
!!
SCHTACK
AAAAH, ON DIRAIT LA GUEULE D'UN GROS MONSTRE !
SPLAASHHHH
AAAHH !
PLAAASH
AAAHH !

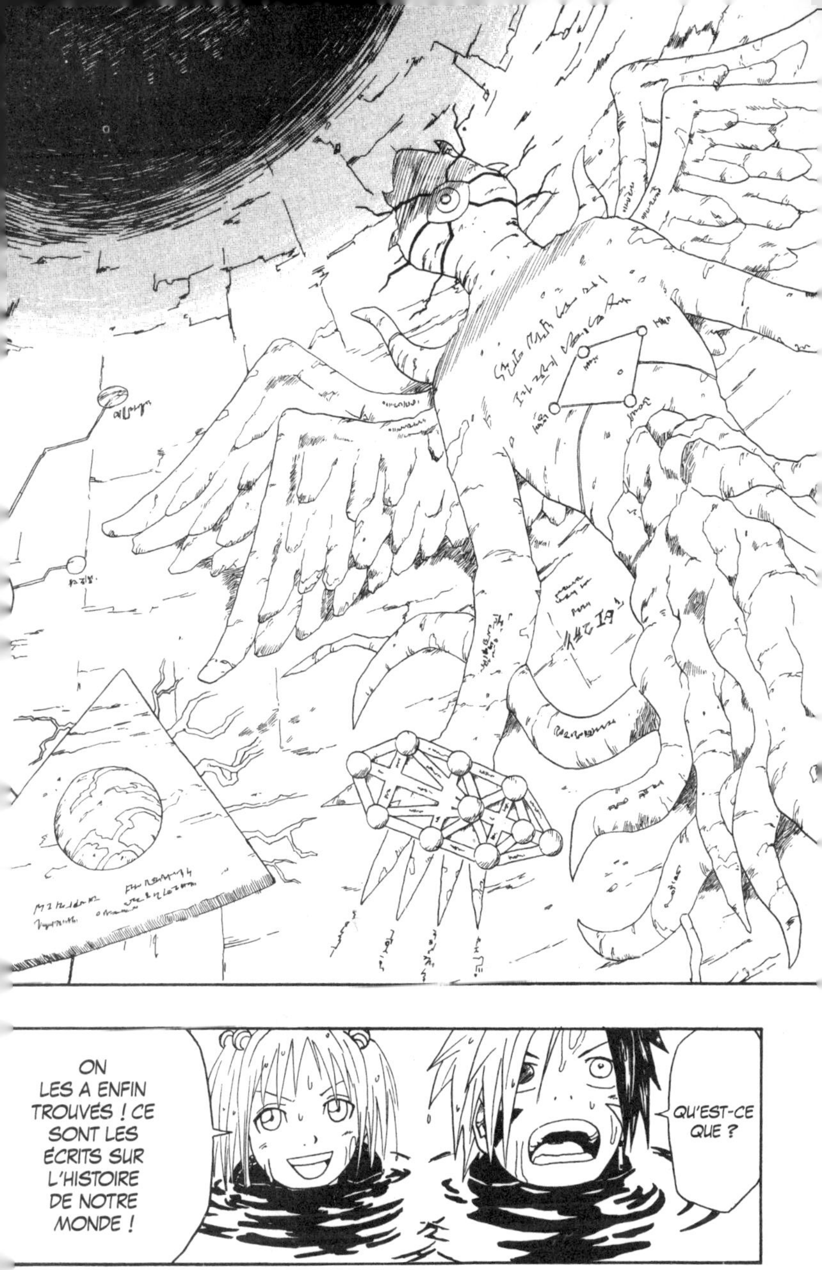
QU'EST-CE QUE ?
ON LES A ENFIN TROUVÉS ! CE SONT LES ÉCRITS SUR L'HISTOIRE DE NOTRE MONDE !

TIENS, CE GROS CYCLOPE, LÀ... ON DIRAIT QU'IL TIENT QUELQUE CHOSE DE BIZARRE DANS SES MAINS...
PSHII
IL EST IMMENSE EN PLUS...
JE ME DEMANDE CE QUE C'EST...
ÇA ALORS, C'EST LA PREMIÈRE FOIS QUE JE VOIS UNE TELLE ÉCRITURE ET...
J'ARRIVE POURTANT
À LA LIRE...
NOUS VENONS DE LA PLANÈTE BLEUE... AVONS ÉTÉ EXILÉS... CETTE PLANÈTE... PAR LE CRÉATEUR...
LA VILLE DE... LA CABALE, OU ENVERS ET ENDROIT... NE FONT QU'UN... LE COMMENCEMENT DE TOUTE CONNAISSANCE...

CABALE ...
LA CABALE !
C'EST CE DONT M'AVAIT PARLÉ AMIDABA !
CABANE ? TOUS CES DESSINS POUR UNE STUPIDE CABANE ?
?
IL Y A QUELQU'UN !
CLIC
SVOUSH
QUI VA LÀ ?!
JIIII
TAP
UN MONSTRE ?

WEEK !
VOUS AVEZ FINI PAR DECOUVRIR CET ENDROIT...
FUYONS !
OUI, MAIS OÙ ?
...
INUTILE DE FUIR...
HEIN ?
VOUS ÊTES VRAIMENT DE BONS CHASSEURS DE TRÉSORS... HEUREUSEMENT QU'IL NE VOUS EST RIEN ARRIVE DE FÂCHEUX
RUBY...
TU AS RÉUSSI À DÉCHIFFRER DES INSCRIPTIONS QUE MÊME MON ORDINATEUR N'A PU LIRE...
COMMENT SE FAIT-IL QUE TU POSSEDES UN TEL POUVOIR ? QUI ES-TU VRAIMENT ?

HMMM
EN FAIT, JE PEUX LIRE CES INSCRIPTIONS,
MAIS JE N'AI PAS LES CONNAISSANCES NÉCESSAIRES POUR EN COMPRENDRE LA PORTÉE ET LE SENS
WEEK, J'AI BESOIN DE VOS CONNAISSANCES !
VOUS CONNAISSEZ SÛREMENT AMIDABA !
JE SUIS CERTAINE QUE VOUS N'ÊTES PAS SEULEMENT UN SIMPLE ARCHÉOLOGUE ! JE VOUS EN PRIE, AIDEZ-NOUS !
JE ME DOUTAIS BIEN QUE VOUS N'ÉTIEZ PAS DES GAMINS ORDINAIRES NON PLUS...
CEPENDANT, CE QUE VOUS ALLEZ ENTENDRE DEVRA RESTER SECRET !
Y COMPRIS ENVERS MA FEMME, BERTHYL !
JE VAIS TOUT VOUS DIRE...
JE SUIS UN ANCIEN MEMBRE DES FORCES GOUVERNEMENTALES DE STEA...

JE NE DIS PAS QUE TOUT CE QUE JE VAIS VOUS DIRE EST FORCÉMENT VRAI, MAIS...
CETTE PLANÈTE AVAIT UN CYCLE ORIGINEL D'ÉVOLUTION...
OR, UN JOUR, CE CYCLE A CONNU UNE MODIFICATION VIOLENTE ET RADICALE, POUR PRENDRE UNE VOIE COMPLÈTEMENT DIFFÉRENTE
QUELQUE CHOSE A CHAMBOULÉ CETTE PLANÈTE !
(?)
(CYCLE D'ÉVOLUTION ORIGINEL DE CETTE PLANÈTE)
(ÉVOLUTION QU'AURAIT DÛ NORMALEMENT SUIVRE CETTE PLANÈTE)
(UN CHANGEMENT VIOLENT, SOUDAIN ET TOTAL, DANS L'ÉVOLUTION)
ACTUEL-LEMENT
CE QUI SIGNIFIERAIT QUE...
QUELQUE CHOSE VENANT D'UNE AUTRE PLANÈTE SERAIT ARRIVÉ JUSQU'ICI...
NOUS VENONS DE LA PLANÈTE BLEUE...

HAHA,
DES EXTRATER-RESTRES ORIGINAIRES DE CETTE PLANÈTE BLEUE SERAIENT DESCENDUS JUSQU'ICI ?
?
SERR
NOTRE LANGAGE, NOS CROYANCES, NOS COUTUMES...
NE VIENDRAIENT-ILS PAS DE CETTE LOINTAINE PLANÈTE ?
AINSI QUE TOUS CES O-PARTS...
QUI PARSÈMENT NOTRE MONDE...?
VOUS VOUDRIEZ DIRE QUE CES HABITANTS...
DES ANCIENNES CIVILISATIONS SERAIENT DES EXTRA-TERRESTRES ?
ET POURQUOI QU'ILS VIENDRAIENT ICI, MEC ?
PFF, JE COMPRENDS RIEN !
PEUT-ÊTRE PARCE QUE CETTE PLANÈTE BLEUE...
FUT DÉTRUITE...?

UNE CIVILISATION EXTRÊMEMENT ÉVOLUÉE... UNE PUISSANCE DIFFICILEMENT CONTRÔLABLE...
D'AILLEURS, NE CONTINUONS-NOUS PAS, AUJOURD'HUI, DE NOUS BATTRE POUR LA POSSESSION DE CES O-PARTS ?
LE PLUS IMPORTANT EST...
DE SAVOIR COMMENT UTILISER TOUTE CETTE PUISSANCE...
REGARDEZ DONC CES ÉCRITS...

IL S'AGIT D'ALUCARD SPIRIT...
C'EST QUOI ÇA ?
C'EST CELUI QUI A UTILISE L'O-PARTS LÉGENDAIRE...
ENCORE UN DISCOURS...?
POUR CONQUÉRIR LE MONDE !
GLOUPS
!!

HA
HA
HA
IL Y AURAIT EU QUELQU'UN QUI AURAIT DÉJÀ CONQUIS LE MONDE ?
BRR
BRR
EN UTILISANT L'O-PARTS LÉGENDAIRE ...?
YO ! ET IL A FAIT QUOI ALORS ?
IL ÉRADIQUA 90% DE LA POPULATION DE LA SURFACE DE LA TERRE...
C'EST VRAI QUE NOTRE CIVILISATION ACTUELLE A FAIT DES PROGRÈS DEPUIS LA DÉCOUVERTE DES O-PARTS...
ON A LA PREUVE QUE LA CIVILISATION FUT DÉTRUITE PLUSIEURS FOIS
LA DERNIÈRE DESTRUCTION DATERAIT DONC D'ALUCARD SPIRIT
(?)
DÉCOUVERTE DES O-PARTS
CIVILISATION 1
DESTRUCTION
CIVILISATION 2
DESTRUCTION
CIVILISATION 3
DESTRUCTION DUE À ALUCARD SPIRIT
ACTUELLEMENT

LORS DE CETTE DERNIÈRE DESTRUCTION MASSIVE, ON APERÇOIT POUR LA PREMIÈRE FOIS, L'ÉVOCATION DU NOM DE SATAN 666, LE NOMBRE DE LA BÊTE
MÊME SI CE N'EST PAS DÉCRIT PRÉCISÉMENT...
QU'Y A-T-IL, JIO ?
HEU, RIEN...
JIO...
SERR
CE ALUCARD SPIRIT...
J'EN AI DÉJÀ ENTENDU PARLER QUELQUE PART...
HUM...
EN FAIT, LE TERME DE SPIRIT QU'ACTIVE LES O.P.T. VIENT DE LÀ...
D'ALUCARD SPIRIT

WEEK, VOUS PARLIEZ DE L'O-PARTS LÉGENDAIRE ! À QUOI RESSEMBLE-T-IL ?
JE N'EN SAIS RIEN...
CEPEN-DANT...
CEPEN-DANT ?
VOUS VOYEZ CE QU'ALUCARD SPIRIT TIENT DANS SA MAIN DROITE...
EH BIEN, J'AI TROUVÉ LA MÊME CHOSE AU PÔLE NORD, LORSQUE J'ÉTAIS ENCORE DANS LES FORCES GOUVERNE-MENTALES
LE PÔLE NORD...
LES AUTRES MEMBRES QUI ÉTAIENT AVEC MOI ONT APPELÉ CELA, LA CABALE
ET SI ON ARRIVE À RASSEMBLER TOUS LES CERCLES INTÉRIEURS...

VOILÀ DONC...
LA CABALE...
IL Y AVAIT AUTREFOIS UNE PERSONNE QUI ÉTUDIAIT TOUT CE QUI TOUCHAIT À L'O-PARTS LÉGENDAIRE ...
IL FAISAIT PARTIE D'UNE TROUPE D'ÉLITE DES FORCES GOUVERNE-MENTALES, ATACK, ET IL SE NOMMAIT ...
ZECKT CRESCENT...
MON PÈRE...
MAIS... MAIS...
BON, SI NOUS RENTRIONS MANGER, HEIN ?!
SUIVEZ-MOI, LES GAMINS !

WEEK...
JE ME SENS BIZARRE...
CE MONDE FUT DOMINÉ PAR ALUCARD SPIRIT, QUI UTILISA L'O-PARTS LÉGENDAIRE....
JE ME DEMANDE COMMENT IL S'Y EST PRIS...
DONC, LA CABALE A UN RAPPORT AVEC LE FAIT DE DOMINER LE MONDE... ? PARFAIT !
LA RÉPONSE AUX QUESTIONS QUE SE POSAIT MON PÈRE SONT EN RAPPORT AVEC LA CABALE...
YO, JE ME DEMANDE CE QUE BERTHYL NOUS AURA PRÉPARÉ DE BON, AUJOURD'HUI...

SECTION GOUVERNEMENTALE DE STEA, AU PÔLE NORD
FFIUU
AU SOUS-SOL...
ON PEUT PRESQUE DIRE QUE LA QUASI-TOTALITÉ DU MONDE D'ASKALD NOUS APPARTIENT
SI SEULEMENT LES 3 CONTINENTS RESTANTS ÉTAIENT AUSSI SOUS NOTRE CONTRÔLE,
CE MONDE NE SERAIT PAS PERDU ...
VOUS VOULEZ DIRE QU'IL VA FALLOIR LES ENVAHIR ?
CELA NE VA PAS ÊTRE AISÉ...
LA FIN JUSTIFIE LES MOYENS SI NOUS VOULONS UNIFIER CE MONDE...
JE N'AI QUE FAIRE DE VOS SARCASMES
PARCE QUE STEA GOUVERNERA LE MONDE !
GRÂCE À SES SOLDATS O.P.T. D'ÉLITE, MAIS AUSSI...

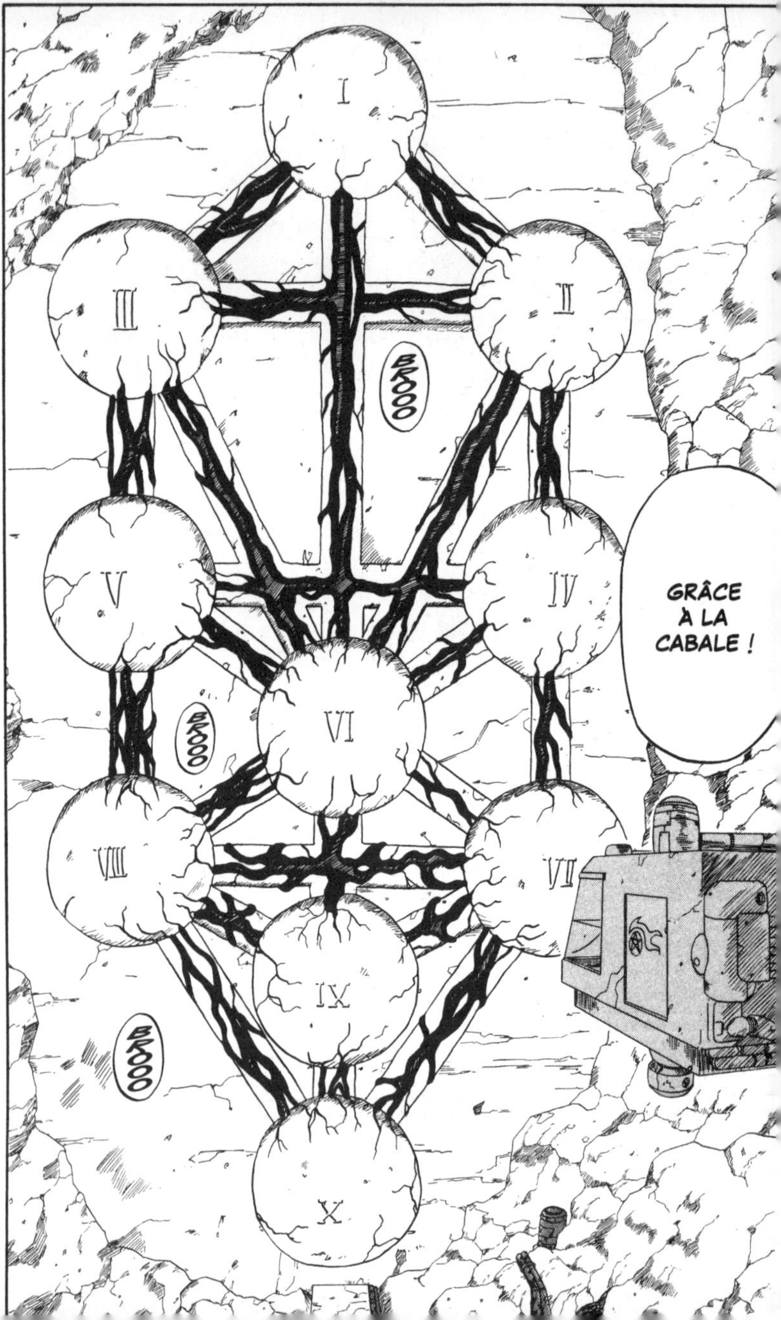
GRÂCE
À LA
CABALE !
BROOO
BROOO
BROOO

CRR
CRR
AU MÊME MOMENT, AU PÔLE SUD, DANS LE QUARTIER GÉNÉRAL DE ZENOM...
ELLE EST SI BELLE...
JE NE ME LASSERAI JAMAIS DE LA CONTEMPLER...

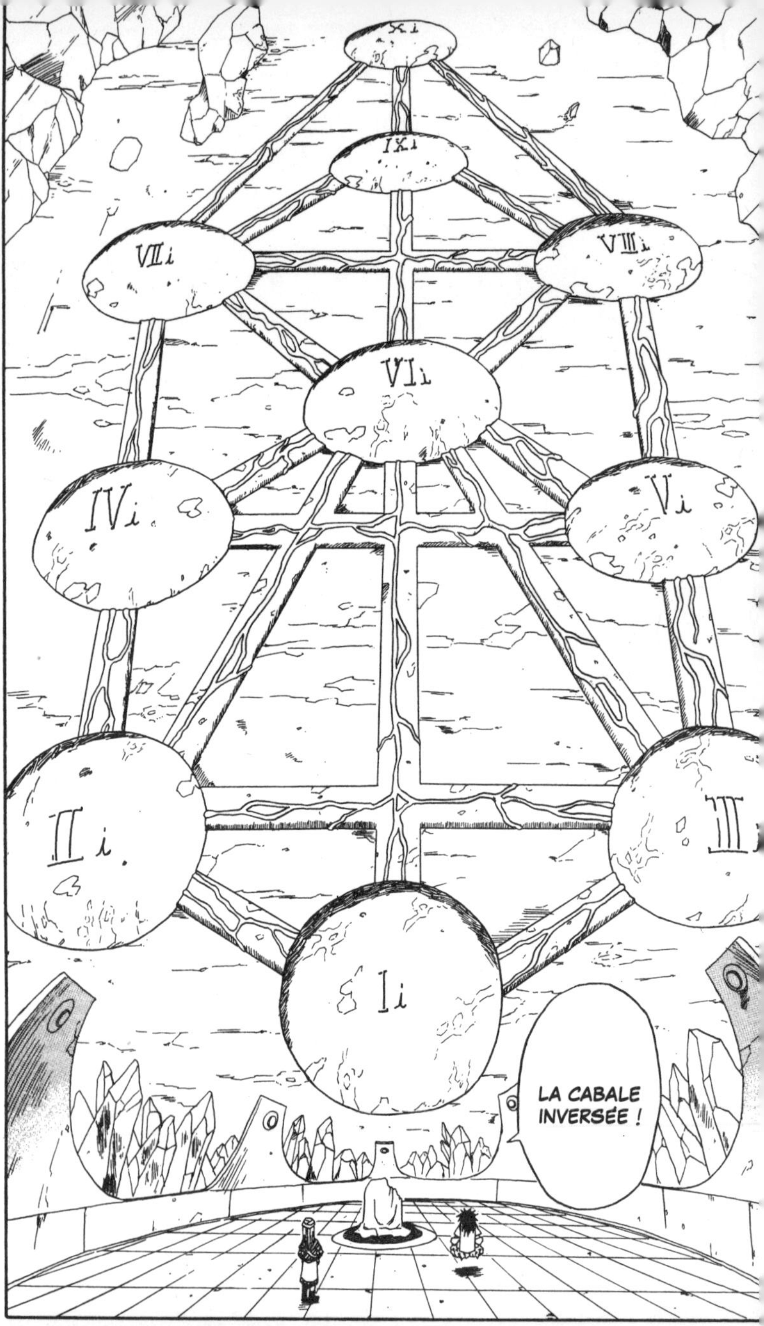
LA CABALE INVERSÉE !

AU FAIT, J'AI APPRIS QUELQUE CHOSE DE TRÈS INTÉRESSANT DANS CETTE VILLE...
TAP
BAKU... OÙ EN SONT LES COLLECTES D'INFORMATIONS CONCERNANT LES SEPHIROTH ?
EH BIEN, HEU... JE LES ATTENDS ET...
HMM?
PAR CONTRE, MEKISHIS, L'O-PARTS DE CLASSE S EST...
J'AI PU RÉCUPÉRER DES INFORMATIONS SUR LE SPIRIT DRIVE
SHURI ?
FLAP
AU FAIT, SHURI...
CLICLICLICLIC
ÇA NE FAIT RIEN, CE N'EST PAS IMPORTANT !
CLIC
JE SAVAIS QUE C'ÉTAIT UNE ERREUR D'AVOIR LAISSÉ WISE SUPERVISER TOUT ÇA...

ARRÊTE DE FAIRE DES MANIÈRES OU JE T'ÉLIMINE !
DÉPÊCHE-TOI D'EN VENIR AU FAIT !
CRAC CRAC
BANG
À VOS ORDRES !
MAÎTRE KUJAKU !

RUINES DE DUSTOM, AU PETIT MATIN
CRAC
BADAM
BADAM
SVOUSH
TAP
SVOUSSHH
JE T'AI VU !
SVOUSH
PRENDS ÇA !
CLING

SHTAK
JI IIII
ET VOILÀ LE TRAVAIL !
CLING
HO P!
JIIII
CLONG
OUAHH
BADAM
TAP TAP
CHAPITRE 26 : LA CABALE

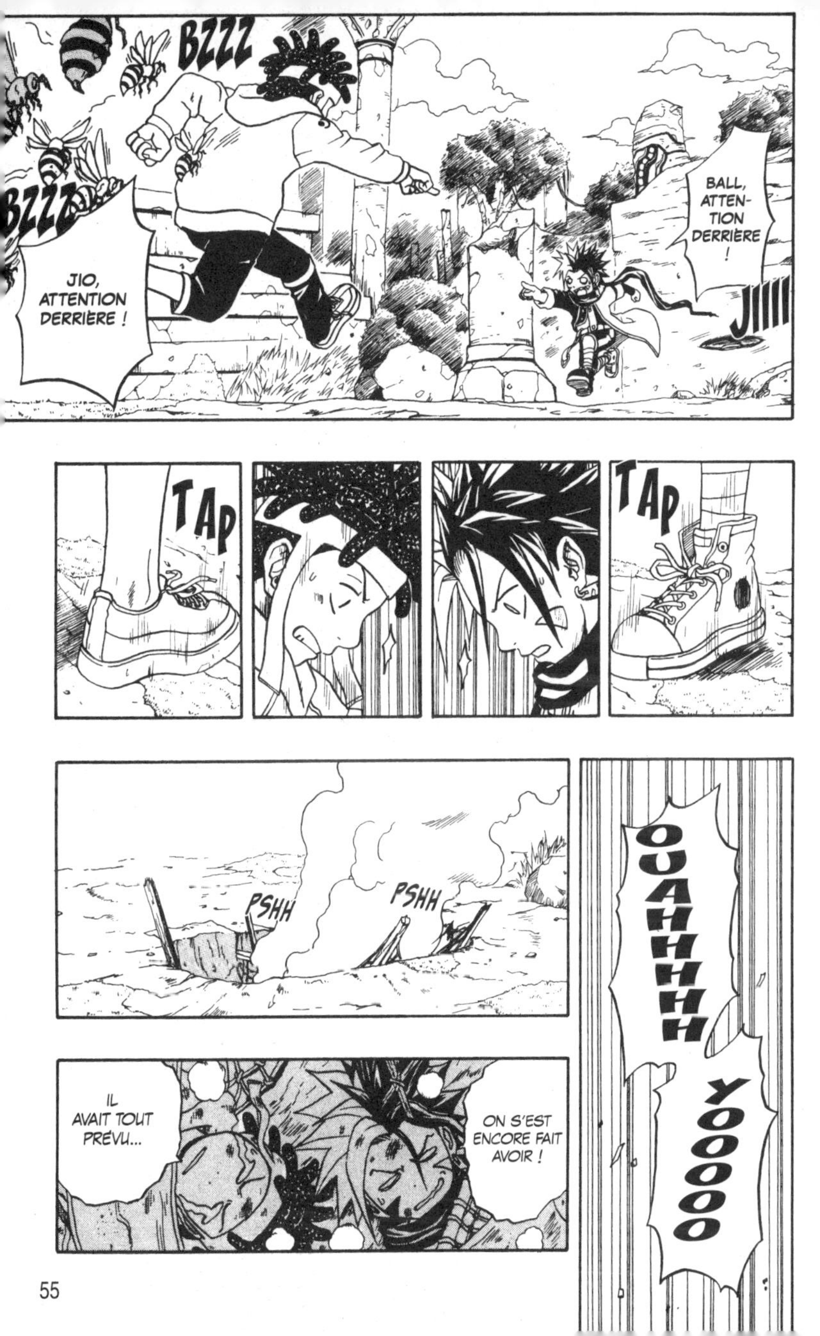
BZZZ
BALL, ATTEN-TION DERRIÈRE !
JIIII
BZZZ
JIO, ATTENTION DERRIÈRE !
TAP
TAP
PSHH
PSHH
OUAHHHHH YOOOOOO
ON S'EST ENCORE FAIT AVOIR !
IL AVAIT TOUT PRÉVU...

RHAAA
POURQUOI ON DOIT TOUJOURS LUI SERVIR DE PASSE-TEMPS...
AHA...
TU PARLES D'UN JOGGING MATINAL, MEC !
TAP
AHA...
AHA...
PAS DU TOUT, PAS DU TOUT...
TU VEUX DOMINER LE MONDE, N'EST-CE PAS ?
TAP
TAP
MALHEUREU-SEMENT TU MANQUES ENCORE UN PEU D'EXPÉRIENCE DU COMBAT SUR LE TERRAIN POUR ÇA...
...
ON NE PEUT PAS DEVENIR PLUS FORT, SI RAPIDEMENT...
VA FALLOIR SE DONNER À DONF SI ON VEUT Y ARRIVER...
J'HÉSITE ENCORE À DIRE SI VOUS ÊTES DES CRÉTINS OU JUSTE DES ABRUTIS,
TAP TAP
MAIS VOUS VOUS ÊTES BIEN ENDURCIS
FAUDRAIT SAVOIR, C'EST UN COMPLIMENT OU UNE INSULTE ?

BIEN SÛR QUE LES EFFORTS SONT NÉCESSAIRES, MAIS...
IL EXISTE UN MOYEN POUR VOUS DE DEVENIR PLUS FORTS, PLUS RAPIDEMENT...
QUE VEUX-TU DIRE ?
TAP
LA PLUPART DES O.P.T. LA POSSÈDENT...
OH ?!
SCHTAK
ALLEZ, PARLE !
JE PARLE D'UNE...

SUPER ATTAQUE !
SCHWAA
C'EST UN TRUC DE GAMINS, ÇA...
ET C'EST QUOI, UNE SUPER ATTAQUE ...?
POF
ET VOUS, VOUS ÊTES QUOI ?
C'EST GÉNÉRALEMENT L'ATTAQUE QUE L'ON MAÎTRISE LE MIEUX. ON PEUT EN AVOIR UNE, OU PAS...
MAIS POUR UN O.P.T., CELA PEUT DEVENIR UNE QUESTION DE VIE OU DE MORT !
SURTOUT SI VOUS AFFRONTEZ ENCORE DES GENS DE ZENOM...
HMM
EN Y RÉFLÉCHISSANT, TOUS LES O.P.T. QUE J'AI AFFRONTÉ POSSÉDAIENT DES TECHNIQUES SPÉCIALES...
PAR LES FLAMMES DU DRAGON NOIR !
MAGIC HOLE WORLD

VOUS ALLEZ SÛREMENT RENCONTRER DES O.P.T.
OU DES PERSONNES TRÈS PUISSANTES...
DES PERSONNES...
BEAUCOUP PLUS FORTES QUE MOI
VOUS FERIEZ MIEUX DE VOUS TROUVER UNE ATTAQUE QUE VOUS MAÎTRISEREZ À MERVEILLE ET AINSI...
DEVENIR PRESQU'AUSSI FORTS QUE MOI...
C'EST VOTRE PRIORITÉ DANS L'IMMÉDIAT !
JE N'Y AVAIS JAMAIS RÉFLÉCHI...
JUSQU'À PRÉSENT...
MAIS CE SERAIT LA CLASSE
JE POURRAIS APPELER CETTE ATTAQUE "SUPER MIRACLE WONDERFUL STYLE" ?
PEUT-ÊTRE QUE CE SIMPLE PETIT CONSEIL VA LEUR PERMETTRE DE FAIRE DE GRANDS PROGRÈS ... ?
IL SERA PROFITABLE QUE LEUR ÉMULATION LES FASSE S'ENTRAÎNER ET DEVENIR PLUS FORTS

CRRR
CRRR
PÔLE SUD
ON A P'TET TROUVÉ LE BON ...
AVEC CE GAMIN AUX CHEVEUX NOIRS ET BLANCS...
CRAC CRAC
JE LES AI FAIT SUIVRE PAR NOS HOMMES ...
ILS SONT ACTUELLE-MENT DANS LES RUINES DE DUSTOM...
LE "NOMBRIL DU MONDE" ?
JE VOIS...

JE VAIS ALLER LE VOIR...
ET M'ENTRETENIR PERSONNELLEMENT AVEC LUI !
TAP
ELGA VOUS ACCOMPAGNERA COMME GARDE DU CORPS...
PÈRE, TOUT EST PRÊT
BIEN !
LIBÉRATION DU SPIRIT !
MÛ, LEMU, CONCENTREZ-VOUS !
ZTTTZ ZTTT

NE VOUS TROMPEZ PAS, HEIN ? VOUS SAVEZ CE QUI RISQUE D'ARRIVER...
... SI VOUS FAITES UNE ERREUR... ?
NE VOUS INQUIÉTEZ PAS
EFFECT ACTIVÉ !
PSCHHH
PFUIIU

PLAF
AAAAH
AHA.
AHA..
PLAF
AHA
AHA
CET EFFECT EST DÉCIDÉMENT ÉPUISANT...
SI ON L'UTILISAIT TROP SOUVENT, JE NE SAIS PAS SI J'Y SURVIVRAIS...
AAAH
AHA..
AHA..
PLOF
TAP
EN ROUTE !
BIEN !

BAKU, JE...
QU'Y A-T-IL ?
EST-CE QUE LA CABALE INVERSÉE PEUT ÊTRE UTILE À ZENOM ?
C'EST JUSTEMENT LA QUES-TION...
... QUE ZENOM SE POSE...
LA CABALE, LE COMMEN-CEMENT DE TOUTE CHOSE...
ET PUIS ALUCARD SPIRIT
CELUI QUI DOMINA LE MONDE...
... EN UTILISANT L'O-PARTS LÉGENDAIRE ...
IL POSSÉDAIT LA CABALE DANS SA MAIN DROITE ET...
LA CABALE INVERSÉE, DANS LA GAUCHE

LA CABALE JUSTE, CELLE DE LA CRÉATION, EST ENTRE LES MAINS DES FORCES GOUVERNE-MENTALES DE STEA...
ET LA CABALE INVERSÉE, CELLE DE LA DESTRUCTION, EST ENTRE LES MAINS DE ZENOM...
LA LUMIÈRE ET LES TÉNÈBRES... CHACUNE DE CES DEUX CABALES POSSÈDENT 10 SEPHIROTH
LE NOM ET LE RANG DE CHACUNE DES SEPHIROTH, EST INDIQUÉ DANS CHAQUE CABALE
MAIS CES EMPLACEMENTS SONT VIDES. ELLES ONT ÉTÉ ÉPARPILLÉES DE PAR LE MONDE. IL FAUT DONC LES RASSEMBLER !
C'EST LE BUT FINAL DE NOTRE "MISSION CABALE"
C'EST AUSSI LA MÊME CHOSE POUR NOUS ! CEPENDANT, IL RESTE ENCORE TELLEMENT DE CHOSES À COMPREN-DRE...
NOUS NE SAVONS MÊME PAS À QUOI PEUVENT RESSEMBLER CES "SEPHIROTH"

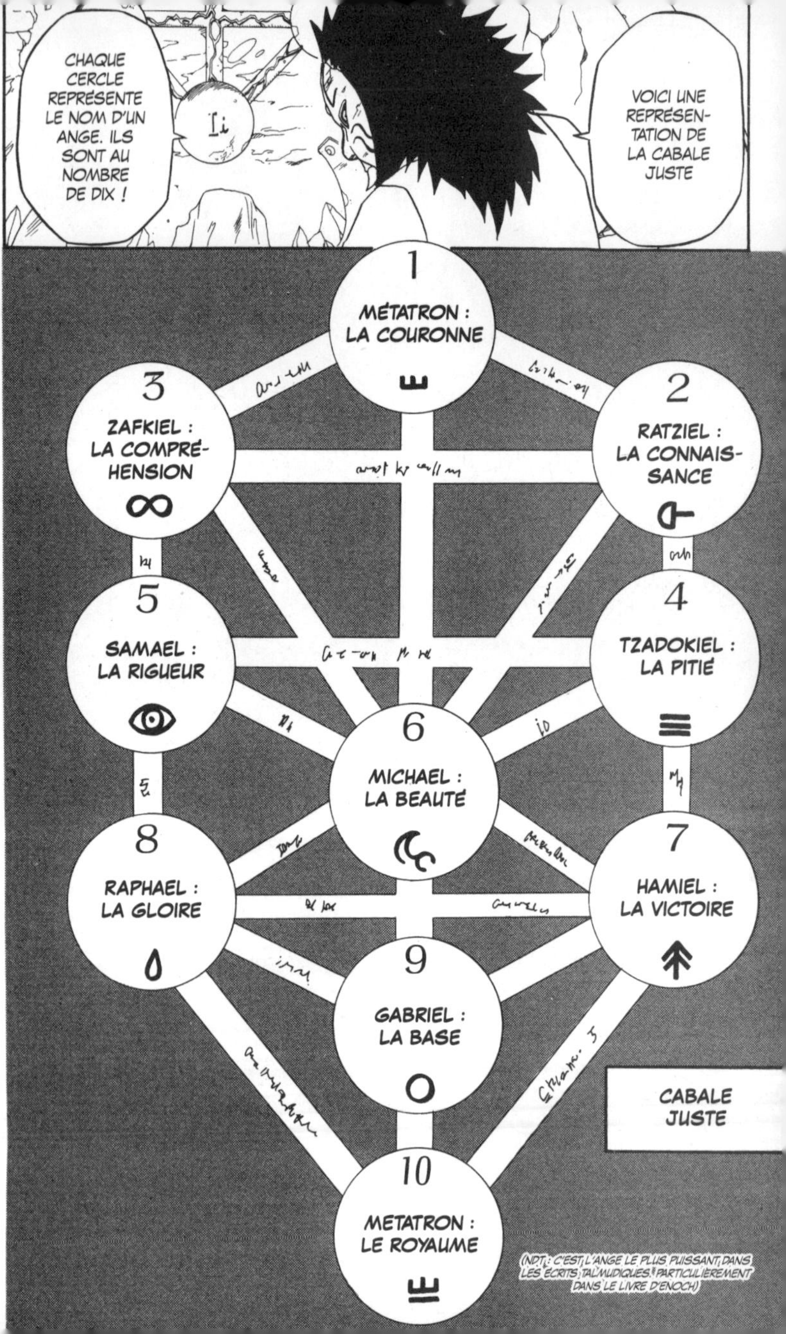

VOICI UNE REPRÉSENTATION DE LA CABALE JUSTE
CHAQUE CERCLE REPRÉSENTE LE NOM D'UN ANGE. ILS SONT AU NOMBRE DE DIX !
1 MÉTATRON : LA COURONNE
2 RATZIEL : LA CONNAISSANCE
3 ZAFKIEL : LA COMPRÉHENSION
4 TZADOKIEL : LA PITIÉ
5 SAMAEL : LA RIGUEUR
6 MICHAEL : LA BEAUTÉ
7 HAMIEL : LA VICTOIRE
8 RAPHAEL : LA GLOIRE
9 GABRIEL : LA BASE
10 METATRON : LE ROYAUME
CABALE JUSTE
(NDT : C'EST L'ANGE LE PLUS PUISSANT DANS LES ÉCRITS TALMUDIQUES, PARTICULIÈREMENT DANS LE LIVRE D'ENOCH)

IL EXISTE AUSSI UN ARBRE DE MORT, UNE CABALE DE LA DESTRUCTION
ELLE REPREND LES NOMS DES DIX GRANDS DÉMONS, OU ANTI-SEPHIROTH
PAR EXEMPLE, EN DEUXIÈME POSITION, NOUS AVONS BELZÉBUTH (STUPIDITÉ)
IL EST REPRÉSENTÉ SOUS LA FORME D'UNE MOUCHE GÉANTE, ET EST CAPABLE DE CRÉER DES RAZ-DE-MARÉE D'UN SIMPLE BATTEMENT D'AILES...
... FAISANT AINSI DISPARAÎTRE DES ÎLES ENTIÈRES SOUS LES EAUX

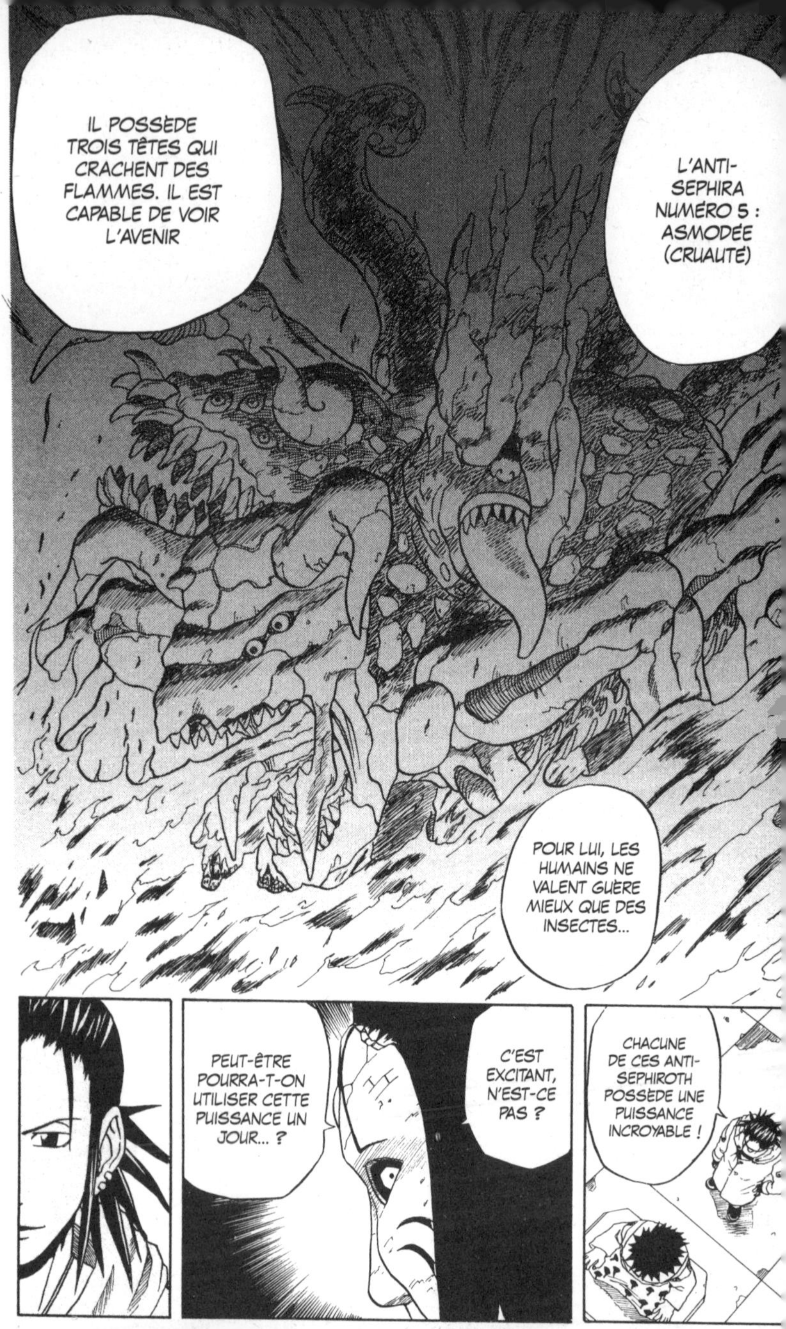
L'ANTI-SEPHIRA NUMÉRO 5 : ASMODÉE (CRUAUTÉ)
IL POSSÈDE TROIS TÊTES QUI CRACHENT DES FLAMMES. IL EST CAPABLE DE VOIR L'AVENIR
POUR LUI, LES HUMAINS NE VALENT GUÈRE MIEUX QUE DES INSECTES...
CHACUNE DE CES ANTI-SEPHIROTH POSSÈDE UNE PUISSANCE INCROYABLE !
C'EST EXCITANT, N'EST-CE PAS ?
PEUT-ÊTRE POURRA-T-ON UTILISER CETTE PUISSANCE UN JOUR... ?

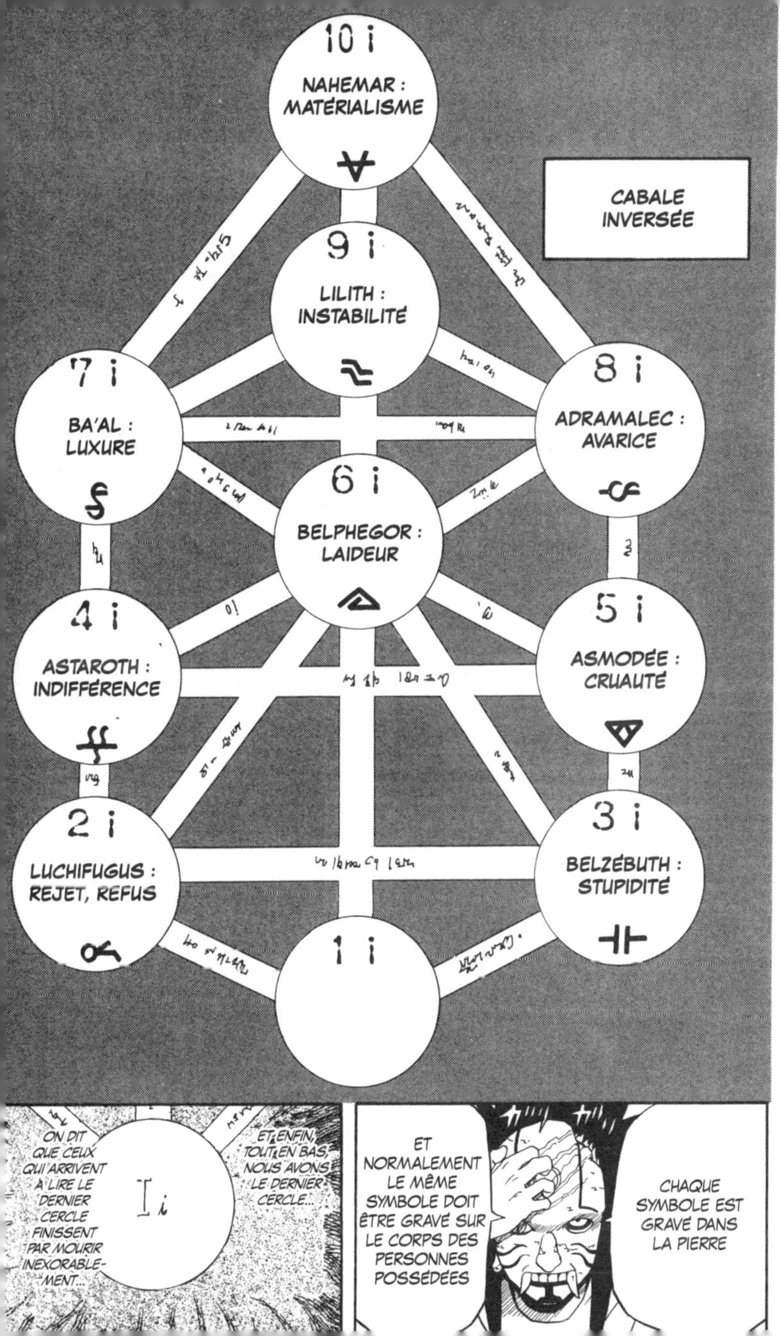
10 i
NAHEMAR : MATÉRIALISME
CABALE INVERSÉE
9 i
LILITH : INSTABILITÉ
7 i
BA'AL : LUXURE
8 i
ADRAMALEC : AVARICE
6 i
BELPHEGOR : LAIDEUR
4 i
ASTAROTH : INDIFFÉRENCE
5 i
ASMODÉE : CRUAUTÉ
2 i
LUCHIFUGUS : REJET, REFUS
3 i
BELZÉBUTH : STUPIDITÉ
1 i
CHAQUE SYMBOLE EST GRAVÉ DANS LA PIERRE
ET NORMALEMENT LE MÊME SYMBOLE DOIT ÊTRE GRAVÉ SUR LE CORPS DES PERSONNES POSSÉDÉES
ET ENFIN, TOUT EN BAS, NOUS AVONS LE DERNIER CERCLE...
ON DIT QUE CEUX QUI ARRIVENT À LIRE LE DERNIER CERCLE FINISSENT PAR MOURIR INEXORABLEMENT...

SATAN : L'ATHÉE 666
LE NOMBRE DE LA BÊTE...
SATAN EN PERSONNE !
GLOUP
SATAN
LE GOUVERNEMENT DE STEA EST EN TRAIN DE RASSEMBLER LES SEPHIROTH DE LA CABALE JUSTE...
NOUS N'AVONS PAS DE TEMPS À PERDRE...

JE ME DEMANDE CE QU'IL SE PASSERA LORSQUE NOUS AURONS RASSEMBLÉ LES 10 DÉMONS...
ÇA PEUT DEVENIR INTÉRES-SANT...
PAR CONTRE, SI NOUS NOUS SOMMES TROMPÉS, JE NE SAIS PAS CE QU'IL POURRAIT ARRIVER...
ON NE LE SAURA QUE LORSQUE NOUS OUVRIRONS ...
LA GRANDE BOITE DE PANDORE ...
NOUS NE POUVONS PLUS RECULER...
CE MONDE EN DÉCRÉPITUDE SERA DÉTRUIT,
ET NOUS ZENOM,
RÈGNERONS SUR UN NOUVEAU MONDE !

POURQUOI ?
POURQUOI ?
POURQUOI SUIS-JE TOUJOURS TOUT SEUL ?
PLOC PLOC
BLEU AHHH
MIAM
MIAM
JE SUIS SOLITAIRE ...
SVOUSHHH
AHA...
AHA...
TU ES SEUL... TOUT SEUL !
PERSONNE NE CROIT EN TOI... PERSONNE NE T'AIME...

MERCI...
TAP
TU T'ES LEVÉ AUX AURORES CE MATIN, C'EST NORMAL QUE TU TE SOIS ENDORMI
LE REPAS ARRIVE BIENTÔT
J'AI RÊVÉ...?
AHA
AHA
PLOC
SLURRP
N'HÉSITE PAS SI TU EN VEUX ENCORE, JIO
MERCI !
MERCI...
C'EST BON...
JE ME SENS SI BIEN TOUT D'UN COUP...

QU'EST-CE QUE... ?
JE PLEURE ?
PLOC
C'EST LA PREMIÈRE FOIS QUE JE RESSENS DE TELLES ÉMOTIONS...
TOTOC
TOTOC
MAIS NON, MANGE !
MIAM MIAM
MIAM
MIAM
MIAM
JIO, QU'EST-CE QU'IL T'ARRIVE MAN ?
LA SOUPE EST TROP ÉPICÉE ?
ENCORE UN PEU, S'IL VOUS PLAÎT !
MIAM MIAM
SWOUSH
IL EST BIZARRE, CES DERNIERS TEMPS...

VILLE DE DUSTOM
BROUHAHA
VRAIMENT ...
BROUHAHA
KIRIN EST REPARTI SANS MÊME DIRE AU REVOIR...
CE MEC EST UN VRAI NINJA !
BERTHYL A FAIT SEMBLANT D'ÊTRE MALADE, J'EN SUIS SÛR !
TEUHEU
TEUHEU
DU COUP, C'EST MOI QUI DOIS FAIRE LES COURSES AVEC LES GAMINS !
TIENS, JE T'AI ACHETÉ CE CADEAU POUR TON ANNIVERSAIRE !
OUAW ! MERCI, PAPA ! C'EST SUPER !
C'EST VRAI QUE TU ES UN GRAND GARÇON DE 8 ANS, MAINTENANT
MERCI
ON VA ACHETER UN GÂTEAU AVANT DE RENTRER À LA MAISON

HI
HI
FROTT
TU PARLES D'UN CADEAU. C'EST JUSTE POUR COMMÉMORER UN JOUR PARTICULIER...
LE PÈRE A L'AIR AUSSI GAMIN QUE SON FILS !
...
ET TOI, JIO ?
GRRR
WAH
HMPF
TU N'AS DONC JAMAIS REÇU DE CADEAU D'ANNIVERSAIRE, WEEK ?
J'AI OUBLIÉ...

...
JE NE CONNAIS MÊME PAS LE JOUR OÙ JE SUIS NÉ...
... NI MÊME LE VISAGE DE MES PARENTS...
HA HA HA
JIO, ALORS, TU...
MAIS JE SAIS QUAND MÊME UNE CHOSE...
UN ENFANT EST VRAIMENT TRÈS HEUREUX LORSQU'IL REÇOIT UN CADEAU...
JE SUIS SÛR QU'IL DOIT ÊTRE AUSSI TRÈS CONTENT QUAND IL DÉBALLE LE PAQUET ET QU'IL DÉCOUVRE L'OBJET...
M100

PFFF !
JIO A BIEN CHANGÉ DEPUIS QU'IL LOGE CHEZ WEEK...
BELLES PAROLES DE LA PART DE QUELQU'UN QUI N'A JAMAIS RIEN REÇU...
EN ROUTE !
PLIC
PLOC
HOU OUUU !
BERTHYL,
TU ES DEBOUT ?
JE M'EN DOUTAIS, ELLE N'ÉTAIT PAS MALADE

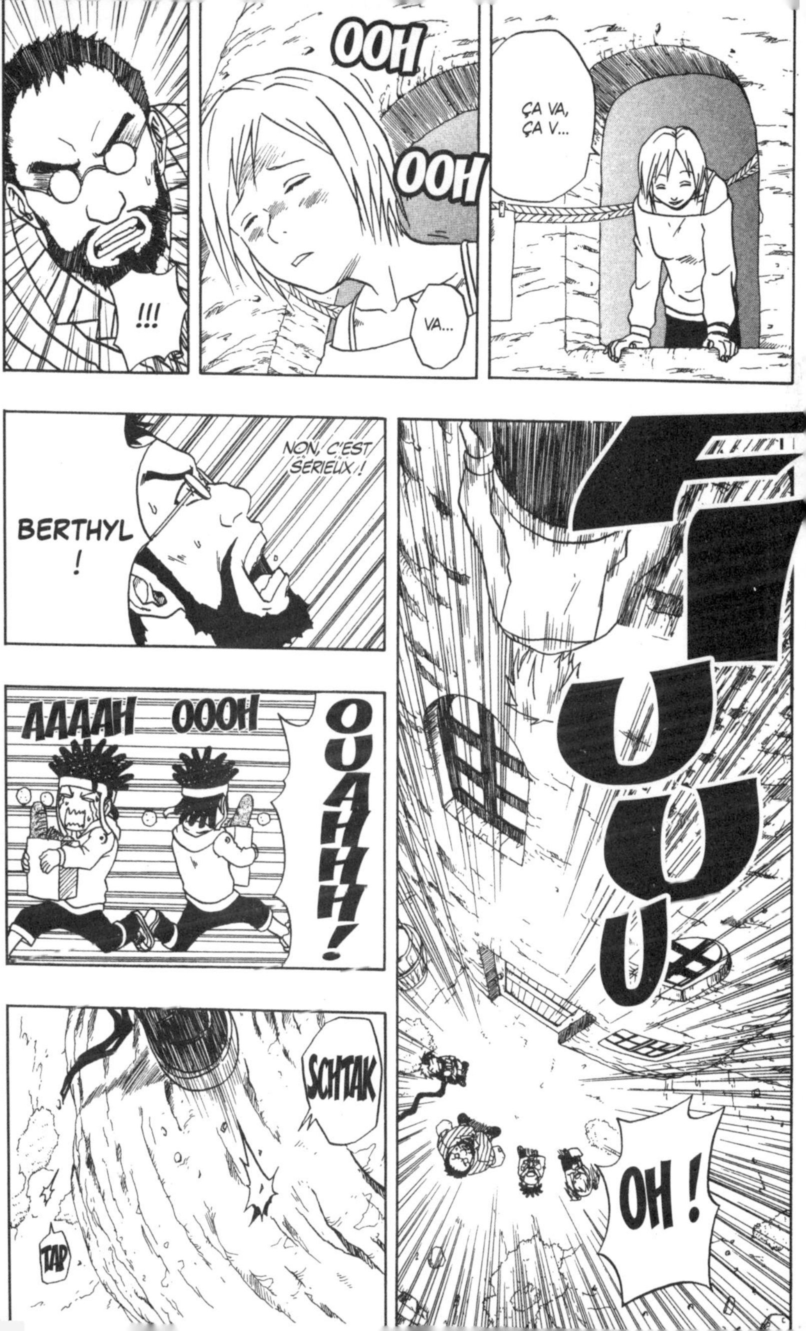

ÇA VA,
ÇA V...
OOH
OOH
VA...
!!!
NON, C'EST SÉRIEUX !
BERTHYL !
OUAHHH !
OOOH
AAAAH
SCHTAK
TAP
OH !

MAMAN !
TAK
JIO...

TU AURAIS DÛ RESTER AU LIT, VOYONS...
CHÉRI...
ÇA VA MIEUX ?!
HMM
OUF, TANT MIEUX...

JIO...
MERCI
À CE MOMENT-LÀ, TU AS DIT...
MAMAN...
HEIN ? HEU...
PAS DU TOUT...
HAHAHA ON DIRAIT BIEN QUE LA MALADIE VOUS A FATIGUÉE PLUS QUE VOUS NE LE PENSIEZ,
VOILÀ QUE VOUS ENTENDEZ DES TRUCS ! NE VOUS INQUIÉTEZ PAS, BALL FERA LA LESSIVE EN ATTENDANT QUE VOUS ALLIEZ MIEUX !
HEY POURQUOI MOI ?

MAIS, OÙ ALLEZ-VOUS ?
TAP
J'AI UN TRAVAIL IMPORTANT À TERMINER ...
JIO...
MERCI !

TAC
POURQUOI DOIS-JE PELER...
... LES OIGNONS ?
PLIC
HIII MES YEUX !
C'EST MOI QUI LES COUPE ALORS TE PLAINS PAS !

BERTHYL EST TOMBEE MALADE UN PEU À CAUSE DE NOUS
IL EST BIEN NORMAL QUE NOUS PRÉPARIONS AU MOINS LE REPAS
HEY MEC, C'EST KIFFANT D'ÉPLUCHER
ARRÊTE DE TE COUPER LES DOIGTS ET COUPE PLUTÔT LES OIGNONS ALORS !
H!!!!!
TU AS RAISON
JE SUIS PARFOIS D'UNE MALADRESSE !
CLING
...
J'ESPÈRE QUE TOUT IRA BIEN...
JIO, PRENDS-MOI LA BOUILLOIRE, S'IL TE PLAÎT
OK...
PSCHH

...
PSCHHHH
PSCHHHH
OUAAÏÏEEEEEEEE!
RUBY, TU AURAIS PU AU MOINS ME DIRE QU'ELLE ÉTAIT BOUIL-LANTE !
SVOUSH
SVOUSH
JE PENSAIS QUE TU T'EN SERAIS APERÇU !
APPROCHE, MONTRE-MOI TES MAINS...

ÇA IRA, CE N'EST PAS SI GRAVE...
VOILÀ POUR LA DROITE...
MONTRE-MOI TA MAIN GAUCHE
UN TATOUAGE ?
MAIS ?
LE NOMBRE DE LA BÊTE...
!!
SVOUSH

CE N'EST RIEN, ÇA IRA...
SVOUSH
COMMENT SE FAIT-IL QUE...?
CRR
COMMENT SE FAIT-IL QU'UN GAMIN COMME TOI AIT LE MÊME SIGNE QUE SUR LE DESSIN DE LA CABALE...?
QUE TU CONNAISSES LA POSITION DES CHIFFRES, AINSI QUE L'ORDRE DES LETTRES ?
POURQUOI, JIO ? EXPLIQUE-MOI...
MONTRE-MOI TA MAIN,
IL FAUT ABSOLUMENT LA SOIGNER RAPIDEMENT...
CE N'EST RIEN, ALORS LAISSE-MOI !

YO, MAIS QU'EST-CE QU'IL SE PASSE ?
NE T'ÉNERVE PAS...
ALLEZ, MONTRE !
TON REGARD N'EST PLUS LE MÊME !
TU PASSES TON TEMPS À NOUS FAIRE TRAVAILLER ...!
TU JOUES LES PÈRES SEULEMENT QUAND ÇA T'ARRANGE !
GLOUPS
ESPÈCE DE SALE GAMIN !
APRÈS TOUT CE QUE J'AI FAIT POUR TOI...

CETTE FOIS, C'EN EST TROP !
TU OSES ÉLEVER LA VOIX CONTRE MOI ?! FICHE-MOI LE CAMP D'ICI, TOUT DE SUITE !
TU N'AS PAS BESOIN DE ME LE DIRE,
J'ALLAIS LE FAIRE AN-DOUILLE !
TAP
VLANN
SCRII

QU'EST-CE QU'IL A, JIO ?
JE COUPAIS LES POMMES DE TERRE, ET...
PLUS TARD ! IL FAUT ALLER LE RETROUVER !
MERDE !
BALL, TU VAS PAR ICI, ET MOI,
J'IRAIS PAR LA !
UN COUP Y PLEURE, UN COUP Y GUEULE,
JIO T'ES FELE, MAN...

POSTES DE LA VILLE DE DUSTOM
POSTO
JE PARS FAIRE MA TOURNÉE
SVOUSH
ATTENDS, TU EN AS OUBLIÉ UNE
HEIN ?
OH!
ELLE EST À L'ATTENTION DE WEEK GARIOLE, SOUS LE ROCHER DU CHAMPIGNON !
C'EST LE PLUS PRÈS D'ICI
COMMENCE DONC PAR LA DISTRIBUER EN PREMIER...
BIEN !

TOP TOP
TAP
SVOUSH
J'ESPÈRE SURTOUT QUE C'EST BERTHYL QUI VA M'OUVRIR
HAA...
WEEK EST VRAIMENT FLIPPANT PARFOIS
IL ME FAIT PEUR... J'ESPÈRE QU'IL SERA ABSENT
LA MAISON DE WEEK, SOUS LE ROCHER DU CHAMPI-GNON

CETTE FOIS, JE CROIS QUE NOUS SOMMES VRAIMENT FÂCHÉS...
... EUX ET MOI
CHERI...
JIO SEMBLE...
... N'AVOIR JAMAIS CONNU SES PARENTS...
OUI...
...
CET ENFANT, EN FAIT...

DING DONG
AURAIT PU ÊTRE CELUI QUE NOUS N'AVONS JAMAIS PU AVOIR
JE SUIS HEUREUSE D'AVOIR PU LE RENCONTRER ET...
NE LES PUNIS PAS, HEIN ?
CE SERAIENT EUX ?
ÇA VA, ÇA VA, J'ARRIVE !
DING DONG
OUI, UN PEU DE CALME !
CLIC

CE BRUIT DE
SONNETTE
EST VRAIMENT
RINGARD

QUI ÊTES-VOUS ?
CE SERAIT PLUTÔT À NOUS DE POSER LA QUESTION...
NOUS SAVONS QU'UN GAMIN À LA CHEVELURE NOIRE ET BLANCHE, SE TROUVE ICI...
DÉPÊCHE-TOI...
D'ALLER LE CHERCHER !

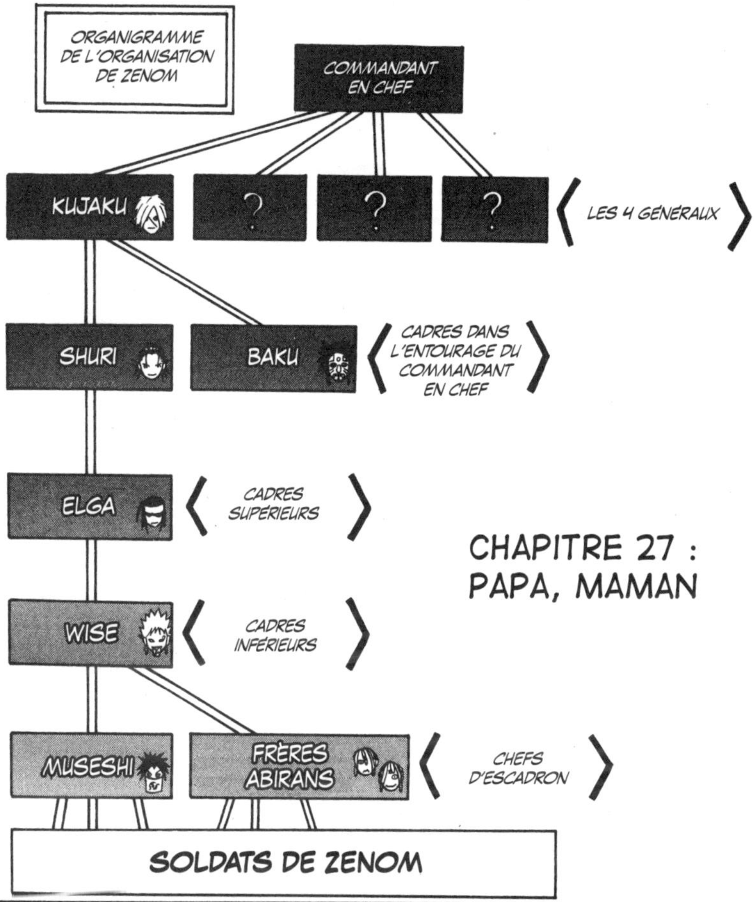

CHAPITRE 27 : PAPA, MAMAN

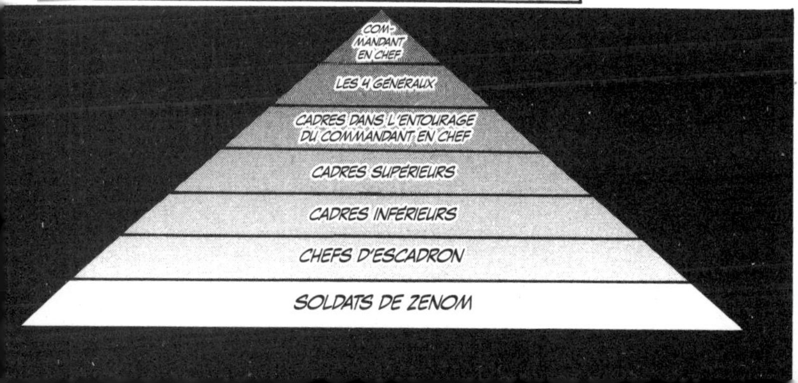

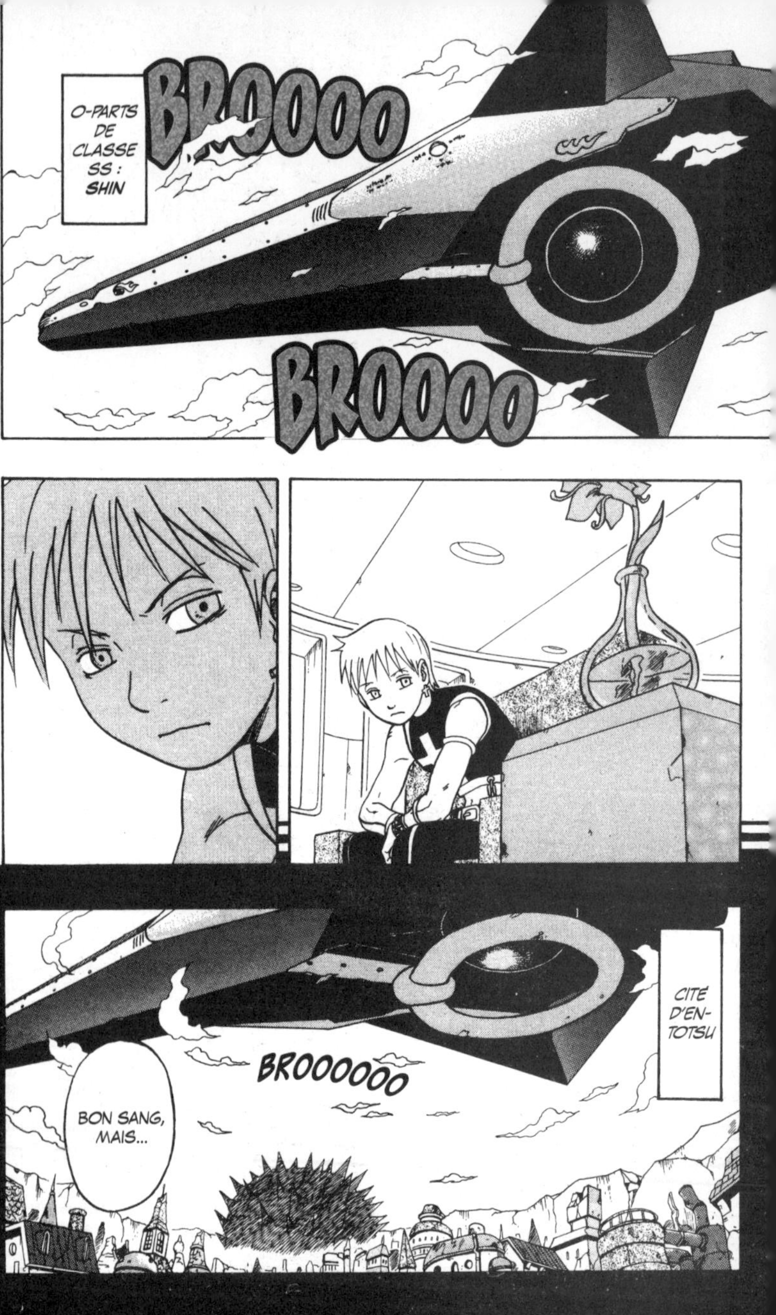
O-PARTS DE CLASSE SS : SHIN
BROOOO
BROOOO
CITÉ D'EN-TOTSU
BROOOOOO
BON SANG, MAIS...

ON DIRAIT QU'UNE CATASTROPHE NATURELLE S'EST ABATTUE SUR CETTE VILLE...
QU'EST-CE QUI A PU SE PASSER ?
BOY
POURQUOI ? POURQUOI, MALGRÉ TOUS CES DÉGÂTS
LA POPULATION...
LES GENS SONT-ILS AUSSI SOURIANTS ?
EXCUSEZ-MOI, QUE S'EST-IL PASSÉ, ICI ?
TU N'ES PAS D'ICI, TOI...
SI J'EN CROIS...
... LES RÉCITS DES RÉSISTANTS ...

UN JEUNE HOMME A SU À LUI TOUT SEUL...
NOUS RENDRE LA LUMIÈRE ET LA LIBERTÉ !
UN JEUNE HOMME...?
MAIS IL N'A PAS FAIT QUE NOUS RENDRE LA LIBERTÉ,
IL NOUS A PERMIS DE REDRESSER LA TÊTE ET DE FAIRE FACE À L'ADVERSITÉ !
TOUT CELA C'EST GRÂCE À LUI !
HI
HI
HI
BIP
BIP
J'AI POURTANT RESSENTI LA PRÉSENCE DE SATAN, À CE MOMENT-LÀ...
L'ÉCRAN DE CONTRÔLE DE SHIN INDIQUAIT LA PRÉSENCE D'UN O-PARTS D'UNE CLASSE SUPÉRIEURE À CELLE DE SS. CE N'ÉTAIT PAS MEKISHIS... IL Y AVAIT AUTRE CHOSE...

AVEZ-VOUS REMARQUÉ QUELQUE CHOSE D'AUTRE ?
HMMM ?
AVANT QUE CE MONSTRE NE SOIT DÉFINITIVEMENT VAINCU...
J'AI RESSENTI UNE SORTE DE FROID SOUDAIN...
RIEN D'AUTRE EN PARTICULIER ...
666
J'AI FROID !
GRATT GRATT
J'AI PEUR !
J'AI FROID !
UN FROID SOUDAIN ...?
QUELQU'UN A-T-IL VU CE JEUNE HOMME ?
A QUOI RESSEMBLE-T-IL ?!
DÉSOLÉ, MAIS NOUS N'AVONS RIEN DE PLUS À DIRE AUX MEMBRES DES FORCES GOUVERNEMENTALES...
ÇA ALORS, CE GAMIN EST UN MEMBRE DES FORCES GOUVERNEMENTALES ?!
GRR
GRR
PFF!
HMM
ILS NE PORTENT PAS...
LE GOUVERNEMENT DANS LEUR CŒUR, DIRAIT-ON...

NOUS SAURONS NOUS DÉFENDRE TOUT SEULS !
C'EST NOTRE VILLE !
IL N'EST PLUS QUESTION QUE VOUS INTERVENIEZ...
... DANS NOTRE VIE !
...
TU PEUX RETOURNER D'OÙ TU VIENS !

JE RESSENS LE DANGER ...
JE ME DEMANDE QUI ILS SONT...
GLOUPS

CE NE SONT PAS DES GENS NORMAUX !
JE T'AI DEMANDE D'ALLER CHERCHER LE GAMIN !
TU AS ENVIE DE MOURIR ?
BON SANG...
JE NE VOIS PAS...
... DE QUI VOUS VOULEZ PARLER !
LAISSEZ-MOI TRANQUILLE...
POURTANT, ON DIT PARTOUT...
... QUE TU NE CESSES DE TE VANTER DE LE CONNAÎTRE !

BRR
BRR
QUE SE PASSE-T-IL, CHÉRI ?
OÙ SONT LES ENFANTS ?
GLO UPS
RETOURNE TE COUCHER TOUT DE SUITE !
PERMETTEZ-NOUS D'ENTRER...

TAP
TAP
SCHTACK
MPHHH
JE DOIS RAPIDEMENT ME DÉBARRASSER D'EUX, AVANT LE RETOUR DES ENFANTS
PUISQUE VOUS NE VOULEZ PAS REPARTIR D'OÙ VOUS VENEZ,
JE VAIS VOUS Y FORCER !

CRAC
SVOU
SHH
TAP
JE ME SUIS EMPORTÉ MAIS...
DE TOUTE FAÇON, C'EST NORMAL...
ON N'A MÊME PAS DE LIENS DE PARENTÉ...

TU JOUES LES PÈRES...
... SEULEMENT QUAND ÇA T'ARRANGE !
CETTE FOIS, C'EN EST TROP !
TU OSES ÉLEVER LA VOIX CONTRE MOI ?! FICHE-MOI LE CAMP D'ICI, TOUT DE SUITE !
ET NOUS N'EN AURONS JAMAIS !
HOP
BON!
OH !
OPEN
TOY
BON!!
BON!!
PFF
PFF
MAIS TU ES LE JEUNE GARÇON QUI LOGE CHEZ WEEK...
JIO, C'EST BIEN ÇA ?
TOY

HOP
EST-CE QUE LE CADEAU DE WEEK T'A PLU ?
HEIN ?
OUH, ON N'EST PAS CONTENT, À CE QUE JE VOIS...
BON!!
BON!!
ET ALORS ?
FUITT
UN CADEAU ?
LE CADEAU !
BEN OUI...
IL A PARLÉ D'UNE DATE ANNIVER-SAIRE
OU QUELQUE CHOSE COMME CELA...
C'ÉTAIT HIER,
ET IL DEVAIT TE L'OFFRIR AUJOURD'HUI ...
IL NE T'A RIEN DIT ? C'EST BIZARRE...
IL AVAIT ACHETÉ UN GANT ET UNE BALLE POUR TOI

CE N'ÉTAIT PAS TON ANNIVERSAIRE ?
UNE DATE ANNIVERSAIRE ?
AUJOURD'HUI...?
ÇA ALORS, QUE LE TEMPS PASSE VITE... ÇA FAIT 1 MOIS AUJOURD'HUI,
QUE NOUS HABITONS CHEZ WEEK...
Calendar
ÇA FAIT UN MOIS, MAIS POURQUOI WEEK AURAIT-IL FAIT QUELQUE CHOSE COMME...?
UN GANT ET UNE BALLE ...?!
AU DÉBUT DE NOTRE MARIAGE, SON RÊVE ÉTAIT DE JOUER AU BASE-BALL AVEC SON GAMIN
ALORS CESSE DE GROMMELER !
JE NE SAIS PAS QUAND JE SUIS NÉ, ET JE NE CONNAIS PAS LE VISAGE DE MES PARENTS,
UN ENFANT EST VRAIMENT TRÈS HEUREUX LORSQU'ON LUI OFFRE UN CADEAU
MAIS JE SAIS UNE CHOSE...
IL EST AUSSI TRÈS HEUREUX LORSQU'IL L'OUVRE ET DÉCOUVRE L'OBJET...

ALLEZ, CESSE DE LAMBINER !
ALLONS-Y !
J'AI UNE TÂCHE URGENTE À TERMINER...
MANGE TANT QU'IL TE PLAIRA !
MIAM
MIAM
MERCI DE M'AVOIR APPELÉE...
MAMAN...
PEUT-ÊTRE QUE NOUS N'AURONS JAMAIS DE LIENS DE PARENTE... MAIS... MAIS...
SERR
JE NE PEUX PAS LEUR CACHER MES VÉRITABLES SENTIMENTS... NI À WEEK, NI À BERTHYL...
JE...
HMMM ?
TOY
PLOC

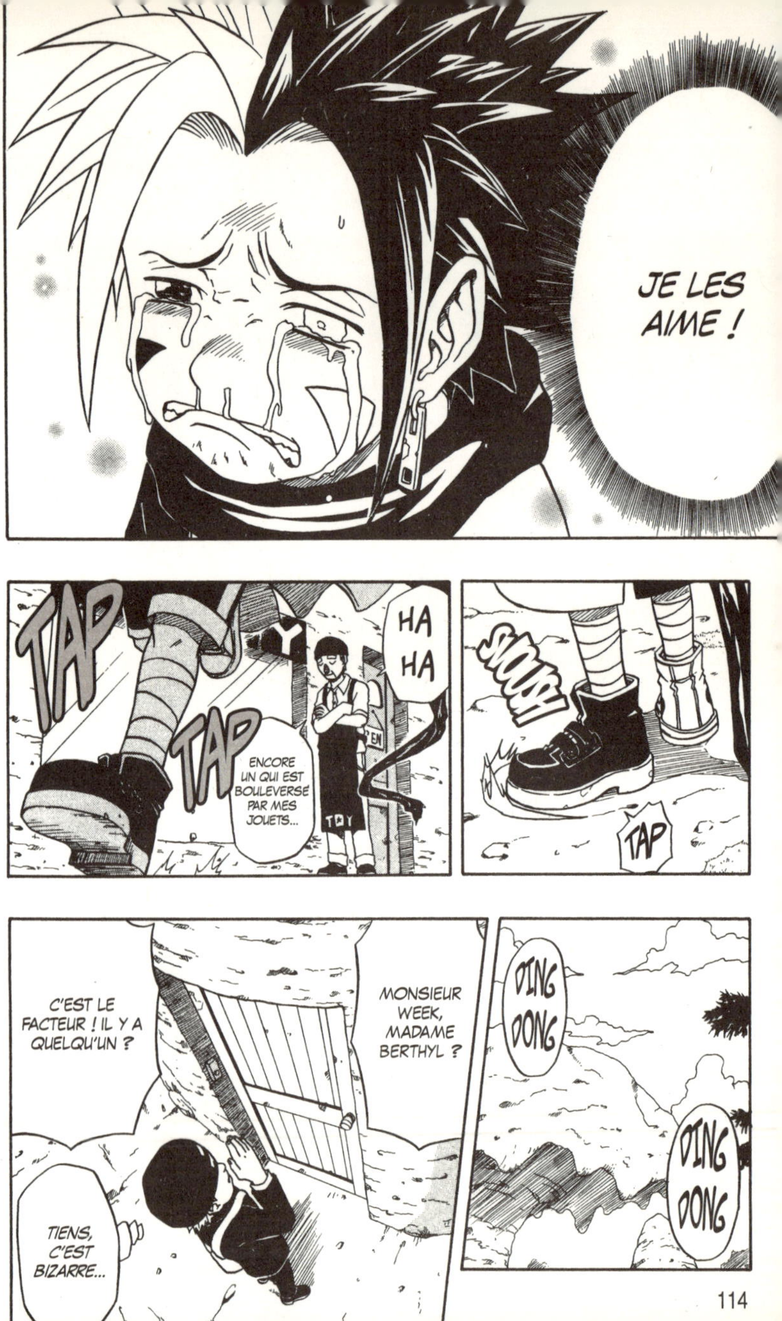
JE LES AIME !
SWOOSH
TAP
TAP
TAP
HA HA
ENCORE UN QUI EST BOULEVERSÉ PAR MES JOUETS...
DING DONG
DING DONG
MONSIEUR WEEK, MADAME BERTHYL ?
C'EST LE FACTEUR ! IL Y A QUELQU'UN ?
TIENS, C'EST BIZARRE...

OH!?
SCREEEE
MONSIEUR WEEK...?
LA PORTE EST OUVERTE...
AAAHHH!
AHA...
AHA...

TAP
SVOUSH
AU SECOURS !
TAP
TA
SCREE
!!

PLAF
SWIPPP
MAIS... ?
WEEK...
SI TU AS ENVIE DE VENIR LES VENGER, RETROUVE-NOUS AU CENTRE DES VIEILLES RUINES ! ZENOM
TADAANN
ZENOM !

JIO A COMPLÈTEMENT DISPARU, MA PAROLE !
PFFF
TU NE L'AS PAS TROUVÉ NON PLUS...
C'EST NOUS...
TIENS,
LA PORTE EST GRANDE OUVERTE...
IL REVIENDRA LORSQU'IL AURA FAIM, C'EST TOUT...
PAF
OUILLE !
MAIS NE T'ARRÊTE PAS BRUSQUEMENT COMME...

YO, MAIS QU'EST-CE QUE ÇA VEUT DIRE ?!
QU'EST-CE QU'IL S'EST PASSÉ ?!
OH NON, EST-CE QUE SATAN AURAIT...
GLOUPS
ZENOM !
WEEK !
BERTHYL !

JE NE SAVAIS PAS CE QU'ÉTAIENT DES PARENTS...
JE N'AVAIS PAS COMPRIS LEUR COMPORTEMENT À MON ÉGARD...
ET MAINTENANT...
PLIC
SERR
ET MAINTENANT...
JE NE POURRAI PLUS JAMAIS...
LEUR DIRE CE QUE JE RESSENTAIS POUR EUX !

TAP
CLING
SCHTAK
JIO, ATTENDS-MOI, J'ARRIVE !
NON,
VEILLEZ SUR LES CORPS DE BERTHYL ET DE WEEK...
JE VOUS EN PRIE...
...
JE VAIS LEUR FAIRE PAYER...
ET J'Y VAIS SEUL !

FLAP
BALL ET MOI,
ON VOUS CONSIDÉRAIT AUSSI COMME NOS PARENTS
MAIS JIO,
LUI N'AVAIT JAMAIS CONNU LES SIENS, ALORS...
IL LES A VRAIMENT ...
... CONSIDÉRÉS COMME SES PROPRES PARENTS !
J'AURAIS AIMÉ...
QU'IL PUISSE LES APPELER AINSI LUI-MÊME...
PAPA, MAMAN...

SPLASHH

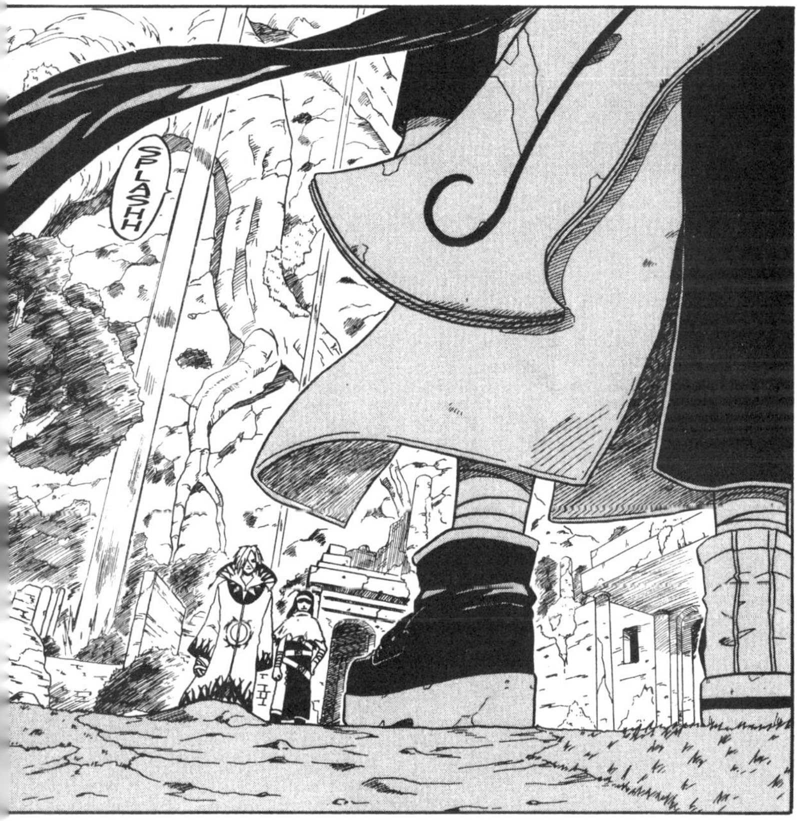
SPLASHH

C'EST DONC TOI...
LE GAMIN AUX YEUX ÉTRANGES...
ON DIRAIT À LA FOIS LE BIEN, MAIS AUSSI LE MAL...
ET LES DEUX SONT OPPOSÉS COMME LES DEUX BRAS D'UNE BALANCE...
SCHTAK
ELGA, OCCUPE-TOI DE LUI ! SI J'Y VAIS, JE RISQUE DE LE TUER EN UN CLIN D'ŒIL
BIEN !
COMME J'AI TUÉ LE COUPLE DE TOUT À L'HEURE...
CRAC
CRAC

CCRRRRCRR
LIBÉRATION DU SPIRIT
TAP
ZZZTTTTZZTTTT
JE SUIS UN CADRE SUPÉRIEUR DE L'ORGANI-SATION DE ZENOM !
JE SUIS BEAUCOUP PLUS PUISSANT QUE L'AUTRE IMBÉCILE DE WISE !
JE VAIS TE BRISER EN PETITS MORCEAUX ...
TU M'IMPLORERAS DE T'ÉLIMINER
VOUS DEUX...
ZZZTTTZZZTT
ZZTZT
!

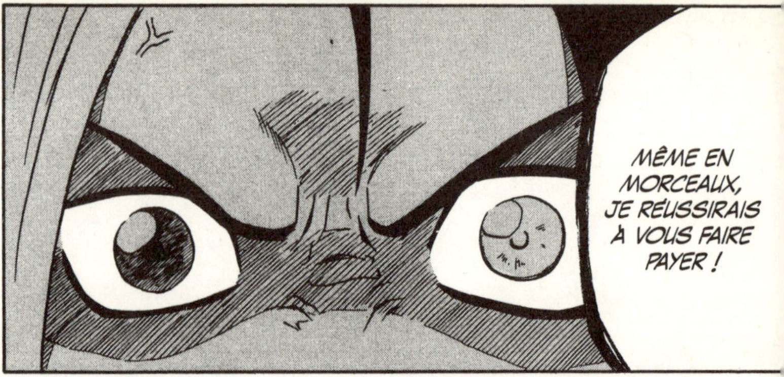

TRIPLE : TRIPLE L'ÉNERGIE ACCUMULÉE.

EFFECT ACTIVE !
ジ
SCHTAK
FUIIT

SURPRIS, HEIN ? VOILÀ L'EFFECT DES COUTEAUX MOSQUITO !
J'APPELLE ÇA LE SHADOW THROW !
SI MES COUTEAUX FRAPPENT L'OMBRE D'UN ÊTRE VIVANT OU D'UN OBJET EN MOUVEMENT, LEUR RAPIDITÉ EST RALENTIE DE 20 FOIS ! ILS SE MEUVENT ALORS AU RALENTI...
TU FERAIS BIEN DE FAIRE ATTENTION À TON OMBRE...
MAIS AUSSI À TON VRAI CORPS...
CAR MES LAMES...
SNIKT
SNIKT
FUIT
VEULENT GOÛTER TON SANG !

FUIITTTT
FUIITTTT
FUIITTTT
TAP TAP
SWOUSH
SCHTATATAK
SWOUSH
FUIITTTT
FUITT
FUITT
TAP
TAP
TAP
SCHTATATAK
TAP
TAP TAP TAP
SCHTATATAKK
TAP

INCROYABLE, IL NE SE DÉPLACE PAS COMME UN HUMAIN...
ON CROIRAIT VOIR...
UN LOUP !
TAP
SCHTAK
FUITTT
AH, TU AS COMMIS UNE ERREUR !
EN VOL, TON OMBRE EST VULNÉRABLE !
SCHTACK
SCHTACK

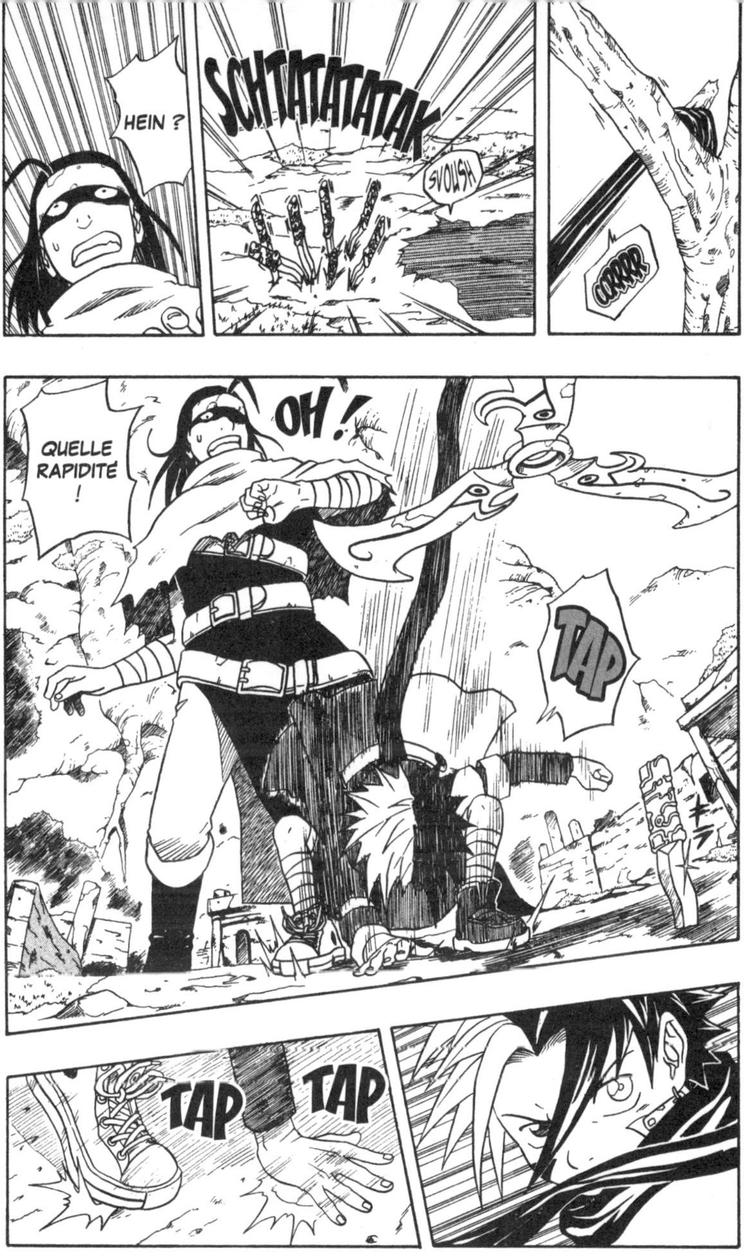
HEIN ?
SCHTATATATAK
SVOUSH
CORRRR
QUELLE RAPIDITÉ !
OH !
TAP
TAP
TAP

!!!
SCHLAK
TAP
TAP
CLING
JIIIII
PLAF
SCHTAK
TOC
PAF

JIIIIII
EFFECT ACTIVÉ !
OUAAHHH!
BADAM

IL SE BAT N'IMPORTE COMMENT, IL N'A AUCUN STYLE...
MAIS CE GAMIN...
IL LUI RESSEMBLE ...
SLIPPP
TU ES LE PROCHAIN !
SCHTAK
OH !

TU NE VAUX VRAIMENT RIEN ! TU N'AS MÊME PAS RÉUSSI À BATTRE UN GAMIN...
JE T'AI SURESTIMÉ ...
!!
TAP
MAÎTRE KUJAKU...
SPLOTCH
PLIC PLOC
ZUT, J'AI ENCORE TUÉ
COMME CE COUPLE TOUT À L'HEURE ...

RHAAAAA
PSHH
ES... PE... CE DE...
CRRC
PSHH
666 !!!
666 !
666 !!
CE GAMIN SERAIT...
SATAN ?!
LA SEPHIRA QUI SE TROUVE AU BAS DE...
LA CABALE INVERSEE ?!

RHAAAAAAAA !
BRR
BRR
HAHAHA, IMPRES-SIONNANT !
TU ESSAIES D'ENLEVER LE COUTEAU AVEC TA PUISSANCE MENTALE...
MAIS ÇA NE SEMBLE PAS SUFFIRE ...
CRRR
JE VAIS TE COUPER LES JAMBES AVANT !
GRRR
GRRR

TAP
TAP
TAP
CES TRACES DE TÉLÉPORTATION...
JE N'AURAIS JAMAIS CRU LES REVOIR UN JOUR...
OUH LÀ, C'ÉTAIT MOINS UNE...
TU NE CROIS TOUT DE MÊME PAS QUE JE SUIS HEUREUX...
DE TE REVOIR, QUAND MÊME ?!
BON SANG !
JIO SEMBLE BIZARRE... ET OÙ SONT LES DEUX AUTRES ?
SLIPPPP
JE N'AI PAS OUBLIÉ NOTRE DERNIÈRE RENCONTRE...
SLIPPPP

TOI NON PLUS, N'EST-CE PAS ?
MON CHER FRÈRE ?!
JE PENSAIS QUE LES DERNIERS DESCENDANTS DE LA PLANÈTE BLEUE AVAIENT TOUS DISPARU...
TU AS EN TOI LE SANG DES VAILLANTS GUERRIERS ANCESTRAUX, COMME PAPA, AVANT TOI !
JE N'AI PAS EU CETTE CHANCE !
TOI, QUE L'ON DISAIT INTOUCHABLE EN COMBAT... POURTANT, CETTE CICATRICE...
C'EST BIEN MOI QUI TE L'AI FAITE !
POUR-QUOI...?
PARCE QUE JE N'AI PAS RÉUSSI À DEVENIR COMME TOI !
CRAC CRAC
ALORS, JE SUIS DEVENU UN O.P.T. !

TU AS VRAIMENT OUBLIE CE QUE SIGNIFIAIT LA VRAIE FORCE, POUR TE NOYER DANS L'IVRESSE PUISSANCE BRUTE,
MON PAUVRE...
NON, JE SUIS SIMPLEMENT LE PAUVRE CADET QUI N'A PAS ÉTÉ GÂTÉ PAR LA VIE, COMME SON AÎNÉ ET QUI EST DEVENU UN O.P.T....
C'EST TOUT...
IL EST TEMPS POUR MOI D'Y ALLER...
JE SUIS SÛR QUE NOS CHEMINS SE CROISERONT BIENTÔT DE NOUVEAU, KIRIN...
ZZTTTT
BAKU VA LE TÉLÉ-PORTER DE NOUVEAU !
SATAN !
ZZTTTT
A BIENTÔT, 666 !
PFUITTTTTT

2 JOURS PLUS TARD
JE VAIS LES ÉLIMINER !
HEIN ?
JE VAIS ME CHARGER DE ZENOM...
DÉFINITI-VEMENT !
QUOI ENCORE ?
OH LES GENTILS ENFANTS QUE VOILÀ...
ENTREZ DONC !
TAP

?
VOUS VOULEZ BIEN VOUS BOUCHER LES OREILLES ?
ALORS, ON BOUGE, MAN ?
TAP
TAP
PLOC
PLIC
CCRRCCRR
ALORS ...
ALORS...
ET JE NE PEUX M'ATTARDER ICI !
JE DOIS CONQUÉRIR LE MONDE
SWOUSH

TAP
PAPA, MAMAN !
JE CONTINUE MON VOYAGE !!!
TAP
ANDOUILLE, AVEC UN VOLUME PAREIL TOUT LE MONDE T'ENTEND, MEC...
JIO, JE SUIS SÛRE...
QU'ILS T'AURONT ENTENDU DE LÀ-HAUT...
HUM...

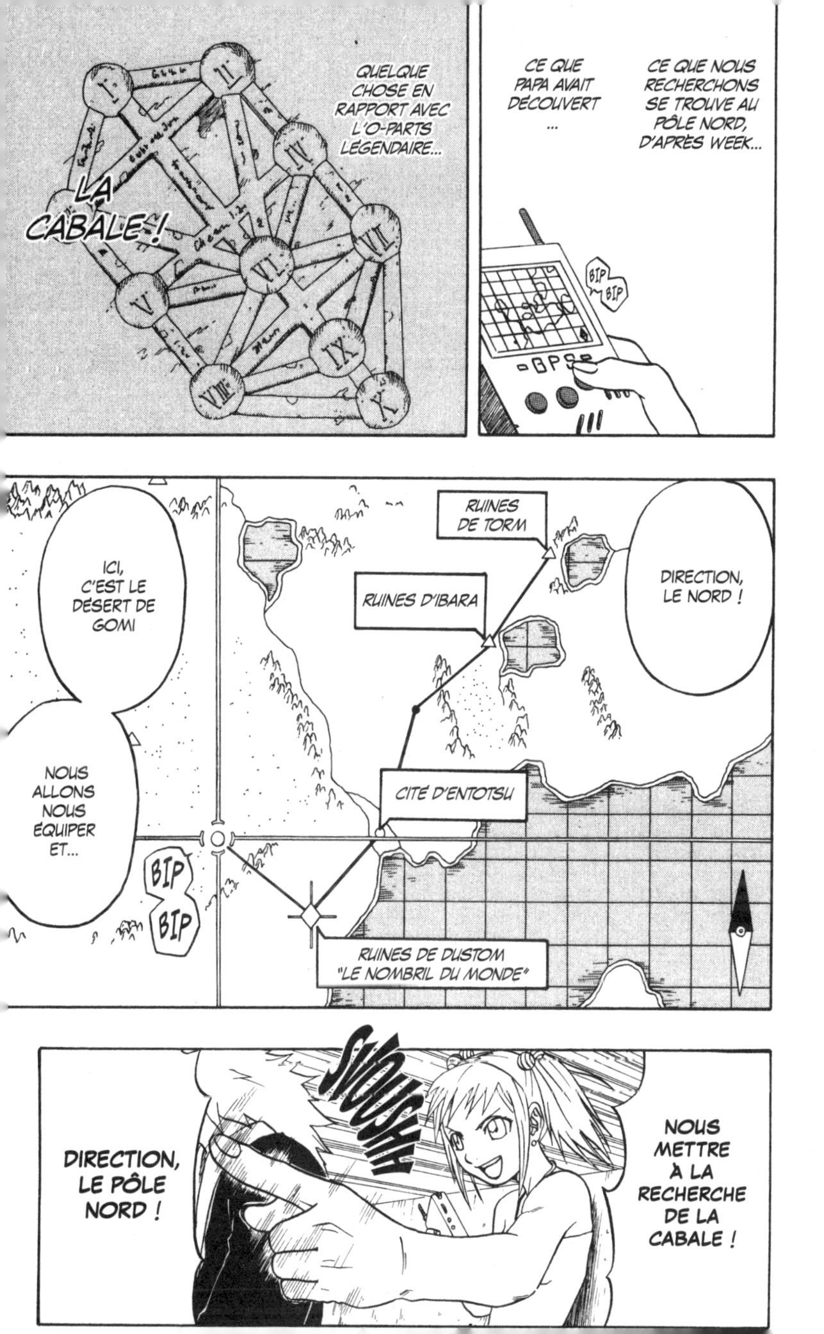
CE QUE NOUS RECHERCHONS SE TROUVE AU PÔLE NORD, D'APRÈS WEEK...
CE QUE PAPA AVAIT DÉCOUVERT ...
BIP BIP
GPS
QUELQUE CHOSE EN RAPPORT AVEC L'O-PARTS LÉGENDAIRE...
LA CABALE !
DIRECTION, LE NORD !
RUINES DE TORM
RUINES D'IBARA
CITÉ D'ENTOTSU
RUINES DE DUSTOM "LE NOMBRIL DU MONDE"
ICI, C'EST LE DÉSERT DE GOMI
NOUS ALLONS NOUS ÉQUIPER ET...
BIP BIP
NOUS METTRE À LA RECHERCHE DE LA CABALE !
SWOUSHHH
DIRECTION, LE PÔLE NORD !

FAIS PAS CETTE TRONCHE MEC, JE SUIS LE SEUL À POUVOIR LE FAIRE FONCTIONNER,
NORMAL QUE JE CONDUISE
HAHAHAHAHA
HAHA
GRRR
GRRRR
CHAPITRE 28 : LA CARAVANE DES TÉNÈBRES
BROOOOOO
O.P.T : BALL
O-PARTS : ORPHEN
CLASSE O-PARTS : C
EFFECT :
SUPRACONDUCTION MAGNÉTIQUE

JE VOIS... IL Y A UN COURANT MAGNÉTIQUE DE SUPRACONDUC-TION QUI SE CRÉE ENTRE LES DEUX NAGEOIRES...
... ET QUI EST RELAYÉ PAR LA GROSSE BOULE AIMANTÉE DERRIÈRE...
BROOOOO
CE FLUX MAGNÉTIQUE AGIT SUR LA GRAVITÉ ET NOUS PERMET DE FLOTTER DANS LES AIRS. CET O-PARTS MAGNÉTIQUE EST INTÉRESSANT
BALL SEMBLE BIEN...
... MANIPULER TOUT CE QUI EST MAGNÉTIQUE, ON DIRAIT...
C'EST VRAI, MEC...
JE SUIS DEVENU PLUS FORT QUE JIO...
BROOOOO
BON, ALORS SI TU NOUS FAISAIS VOLER PLUS VITE ET PLUS HAUT ?
PARCE QU'À CETTE VITESSE, J'IRAIS PLUS VITE À PIED !
...
C'EST INCROYABLE QUE VOUS AYEZ PU TROUVER CET O-PARTS DANS LES RUINES DE DUSTOM ...
HAHAHA, C'EST PARCE QUE...
VOUS NE SAVEZ PAS REGARDER AUX BONS ENDROITS...
ZZZZZT
GRRR

KIRIN, VOUS ÊTES UN GRAND EXPERT EN O-PARTS...
QUE DIRIEZ-VOUS D'ALLER À CET ENDROIT ? ÇA VOUS INTÉRESSERA SÛREMENT...
TAC
MERCI, WEEK...
BROO OOOO
BALL SE LA JOUE UN PEU TROP EN CE MOMENT
JE VAIS LE CALMER
HEIN ?
HI HI
GLOUPS
OUAH, UN MONSTRE DERRIÈRE NOUS !
SUPER MAL JOUÉ

HA HA, TU Y AS CRU, HEIN...
BRRR
BRRR
HEIN ?
OH !
HMMMM.
!!!
ROOAAAAAAAA
SPLASH
MAIS C'EST VRAI EN PLUS !

C'EST UN TRITON DES SABLES !
IL REVIENT À LA SURFACE POUR RESPIRER ! ON RISQUE DE SE FAIRE ASPIRER, ACCÉLÈRE, BALL !
OUAAAHHHHH
SPLAAHHHH
ALLEZ, RÉAGIS, QUOI !
ON EST FICHUS !
ZZ TZZTTTTT

SWOOSHHHHHH
SPLASHHH
AÏEAÏE AÏE
OUF, ON EST SAUVÉS !
MAIS AU FAIT ? QUI A BIEN PU FAIRE BOUGER ORPHEN ?
OH !

JAJAMARU ?!
TAP
GRRR
MAIS ALORS, JE...
JE SERAIS MOINS FORT QUE LUI EN TANT QU'O.P.T.... ?

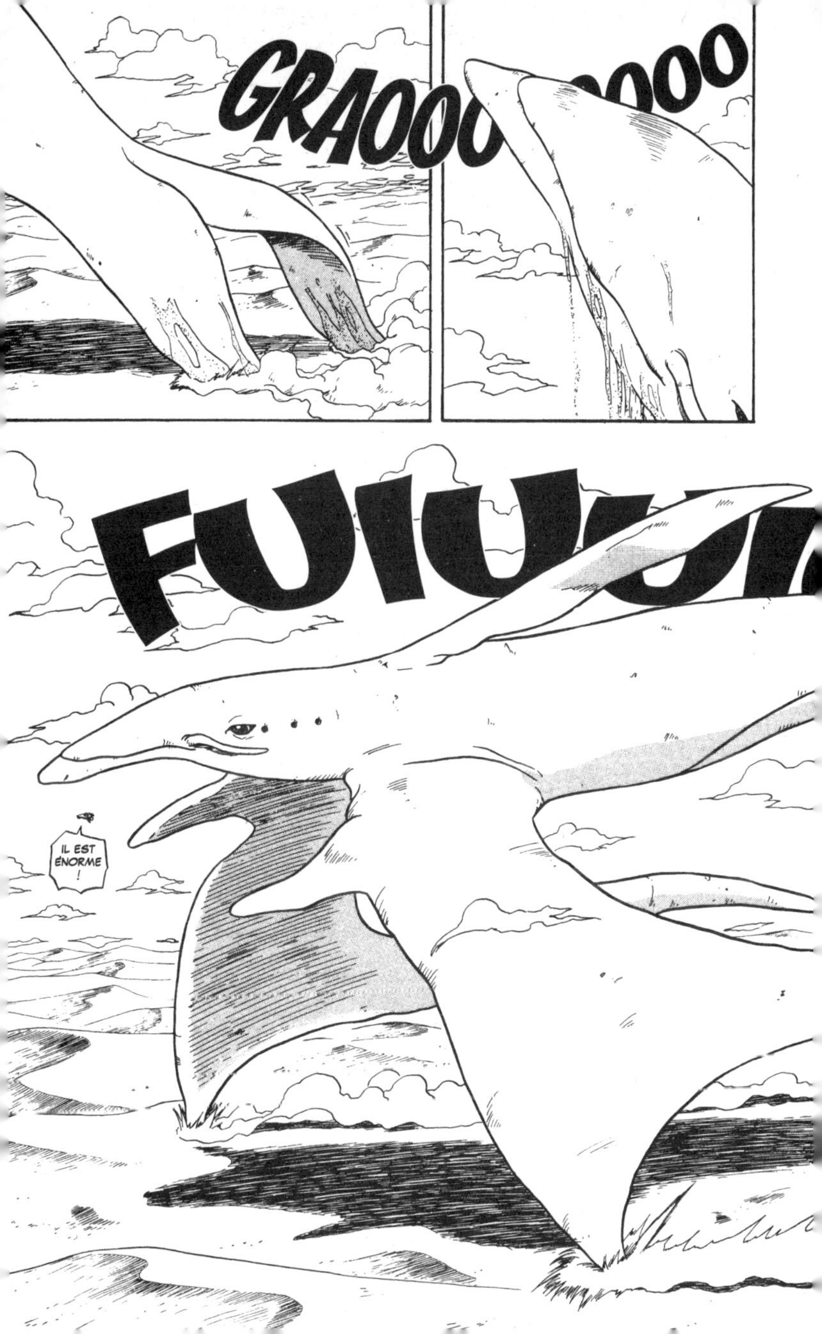
GRAOOOOOOOO
FUIUUU
IL EST ÉNORME !

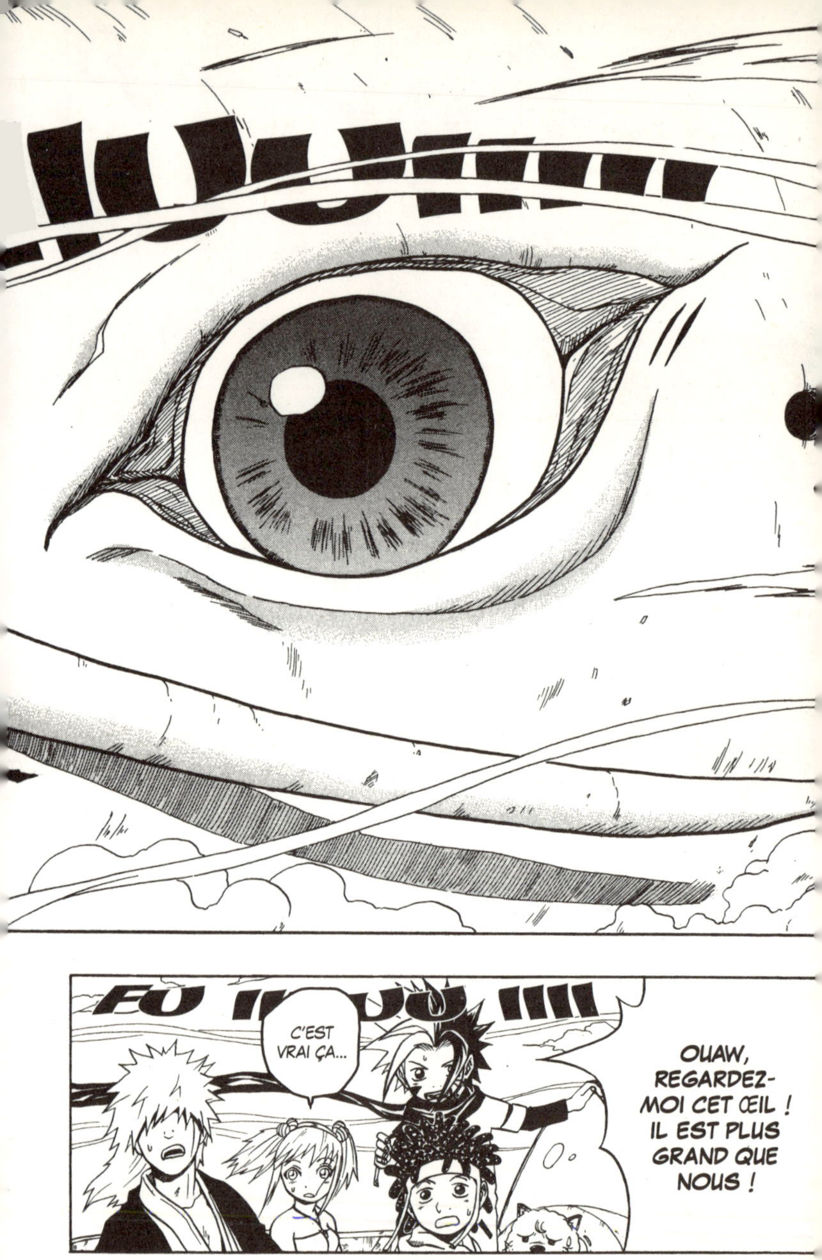
OUAW, REGARDEZ-MOI CET ŒIL ! IL EST PLUS GRAND QUE NOUS !
C'EST VRAI ÇA...

FUUU
PAPA, MAMAN...
REGARDEZ-MOI...
MOI AUSSI, JE VAIS REGARDER CE MONDE ...
SOUS UN AUTRE ANGLE, ET JE RÉALISERAI MON RÊVE !!
IL DOIT EN VOIR DES CHOSES MAGNIFIQUES
AVEC SES GRANDS YEUX REGARDANT DU CIEL...

JE LE JURE !
JIO, JE SAIS QUE TU AS BEAUCOUP SOUFFERT DE LA MORT DE WEEK, MAIS TU DOIS SURPASSER CELA ET GARDER LE SOURIRE !

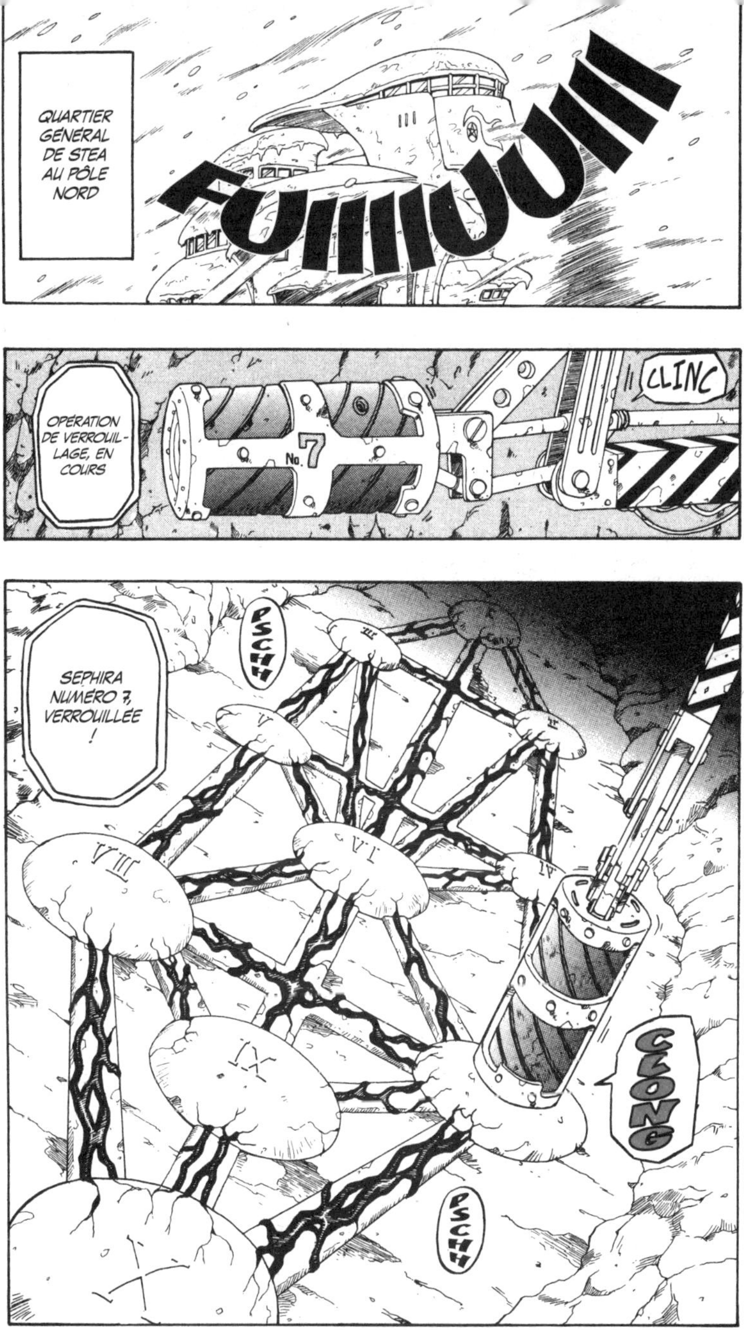
QUARTIER GÉNÉRAL DE STEA AU PÔLE NORD
FUIIIIUUIII
OPÉRATION DE VERROUIL-LAGE, EN COURS
No. 7
CLINC
SEPHIRA NUMÉRO 7, VERROUILLÉE !
PSCHH
CLONG
PSCHH

IX
IL S'AGISSAIT DE L'ANGE NUMÉRO 7, HAMIEL, N'EST-CE PAS ?
BEAU TRAVAIL !
IL SEMBLERAIT QU'HAMIEL ÉTAIT DE FORME HUMANOÏDE
IL A QUAND MÊME RÉUSSI À ÉLIMINER UN ESCADRON D'ÉLITE EN ENTIER AVANT D'ÊTRE CAPTURÉ
JE DÉTESTE LES "ON-DIT"
RATZIEL, LA SEPHIRA NUMÉRO 2 AVAIT LA FORME D'UNE PETITE CRÉATURE PRIMAIRE
ON L'A TROUVÉE DANS LA RÉGION D'INDE, OÙ LA TRIBU SHAMA LE VÉNÉRAIT DEPUIS DES LUSTRES. C'ÉTAIT UNE VÉRITABLE DIVINITÉ LÉGENDAIRE POUR EUX...

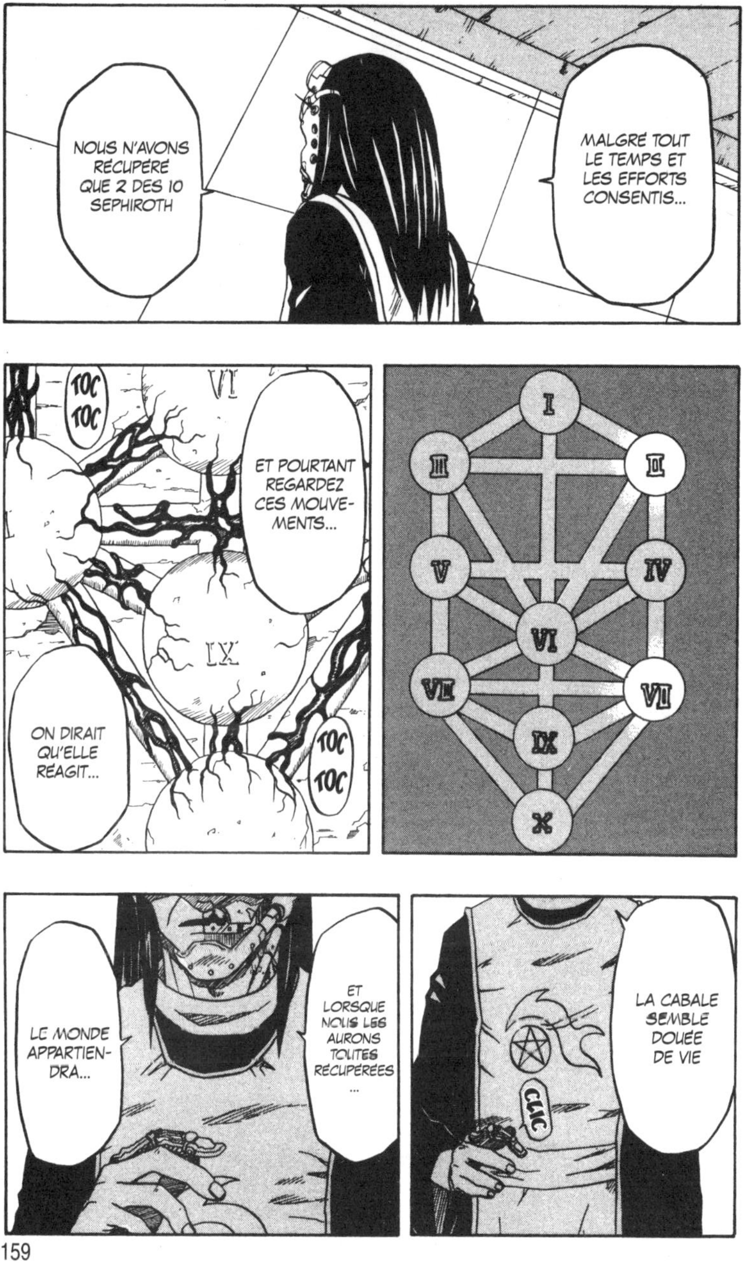

MALGRÉ TOUT LE TEMPS ET LES EFFORTS CONSENTIS...
NOUS N'AVONS RÉCUPÉRÉ QUE 2 DES 10 SEPHIROTH
I
III
II
V
IV
VI
VIII
VII
IX
X
ET POURTANT REGARDEZ CES MOUVEMENTS...
TOC TOC
ON DIRAIT QU'ELLE RÉAGIT...
TOC TOC
LA CABALE SEMBLE DOUÉE DE VIE
CLIC
ET LORSQUE NOUS LES AURONS TOUTES RÉCUPÉRÉES...
LE MONDE APPARTIENDRA...

AUX FORCES GOUVERNEMEN-TALES DE...
STEA !
GOUVERNEUR GÉNÉRAL DU QUARTIER GÉNÉRAL DES FORCES DE STEA BASÉES AU PÔLE NORD : KAGEHISA MISHIMA
CCRRCCCC
BRROOOO

ÇA Y EST, NOUS ARRIVONS À PARA-CARTUS !
BROOOO
NOUS ALLONS NOUS REPOSER UN PEU
...
REGARDEZ EN BAS, ON DIRAIT UNE SORTE DE CARAVANE...
BROUHAHA
ALLONS VOIR !

ARGHH
RHAAOOO
BANG
GRAAO
ÇA ALORS, ON DIRAIT UN GRAND MARCHE DU TROC ...
HM ?
GRRRR
GRRRR
OUAAH, JE VEUX PARTIR D'ICI !
FLAP
FLAP
ÇA CRAINT ...
ARGH, MON BRAS !

C'EST UN MARCHÉ OÙ SE VENDENT ET S'ÉCHANGENT DES O-PARTS INTERDITS PAR LE GOUVERNEMENT
UN VRAI COUPE-GORGE...
RAAAAAOOOO
GRAA
CE MARCHÉ EST SECRET,
ET AFIN DE NE PAS SE FAIRE ATTRAPER PAR LES FORCES GOUVERNE-MENTALES, IL CHANGE D'ENDROIT TOUS LES JOURS,
D'OÙ LA TECHNIQUE DE LA CARAVANE... C'EST UN PARADIS POUR LES O.P.T. ET LES CRIMINELS...
DITES, SI ON S'ARRA-CHAIT, HEIN ?
EH, TOI, LA JEUNE DEMOI-SELLE...
HEIN ?
TU AS UN JOLI PENDENTIF, DIS-MOI...

FAIS ATTENTION À TOI !
CET ENDROIT EST REMPLI D'O.P.T. ET DE GENS PAS TRÈS RECOMMANDABLES...
MERCI ...
YO, EN FAIT, IL ASSURE CET ENDROIT... ♡
CETTE FILLE N'EST PAS FRILEUSE AVEC UNE TENUE PAREILLE...
GLOUPS
M... MERCI ...
SERR
SI TU ESSAYAIS DE TE CONTRÔLER, DE TEMPS EN TEMPS...
IL FAUT TOUJOURS QUE TU TE JETTES SUR TOUT ET N'IMPORTE QUOI !
OH, JE VOIS QUE LA DEMOISELLE A DU GOÛT !
JIO, ESSAIE-LA DONC !
ÇA POURRAIT ÊTRE UTILE
J'AI UNE POÊLE DONT L'EFFECT EST LE FEU ! QUI EN VEUT ?
OK, PAS DE PROBLÈME...
UN ŒUF SUR LE PLAT ?
TA DAN
O-PARTS : POÊLE À FRIRE
CLASSE : E
EFFECT : FEU
CRAC
VOILÀ UN ŒUF ...
PLIC
PLIC
BAH, ON VOIT DE TOUT ICI...
ÇA ALORS, VOUS ÊTES DES O.P.T., LES GAMINS ?
QUE !! ON EST PAS DES GAMINS !

EFFECT ACTIVÉ !
ZZZZTTZZZT
ZZZZTTZZZT
BRR
LIBÉRATION DU SPIRIT
OOOOOO
SFOUSHHH
PSCHH
PSCHH
ESPÈCE D'OTAKU DES O-PARTS ?!
TU M'AS PRIS POUR UN PETIT CHEF OU QUOI ?!
ANDOUILLE !
JE M'EN DOUTAIS, TU N'ES PAS TRÈS DOUÉ

GRRRRRRRR
N'OUBLIE PAS QUE TU ES AVEC MOI POUR TROUVER DES O-PARTS, QUELS QU'ILS SOIENT !
TU N'ES MÊME PAS CAPABLE DE LES MANIER CORRECTEMENT, EN PLUS ! TU FERAIS BIEN DE T'ENTRAÎNER SI TU NE VEUX PAS MANGER DES ŒUFS BRÛLÉS, ABRUTI !
HUMPH
HÉ, RUBY !
TAP TAP TAP
ELLE NE PENSE VRAIMENT QU'AUX O-PARTS ...
C'EST VRAIMENT SON PLUS GROS DÉFAUT ...
JE VAIS CHERCHER RUBY, C'EST VRAIMENT TROP DANGEREUX POUR ELLE DE RESTER SEULE ICI
NE VOUS INQUIÉTEZ PAS ! ALLEZ MANGER UN MORCEAU EN ATTENDANT
HEIN ?
PFFF
SCCHLURP
SCCHLURP

PSCHHHHH
OH !
TU MANIES DRÔLEMENT BIEN CET EFFECT DU FEU, MON GARS !
PSCHH
C'EST PAS MAL...
OK, JE LA PRENDS ...
DIS-MOI, MON GRAND
ÇA DOIT ÊTRE LOURD CE QUE T'AS DANS LE DOS...

!!!
ÇA DOIT ÊTRE GÊNANT, NON ? COMME JE SUIS QUELQU'UN DE GENTIL,
JE TE PROPOSE DE TE DÉBARRASSER DE CET OBJET ENCOMBRANT...
SI TU REFUSES, JE PEUX T'ENVOYER DIRECTEMENT REJOINDRE TES ANCÊTRES ...
ALORS, COMBIEN VAUT-ELLE ?
J... JE VOUS LA DONNE, MAIS NE RESTEZ PAS DEVANT MON ÉTAL !
AH ? MERCI BIEN
LE SALE TYPE !
BRRR
BRRR
SVOUSHH
BROOO
TU OSES TE PAYER MA TÊTE ?!

SVOU
SHHH
SHH
TAP
PLAF
AARGGH !

SCHT
PSCHHHH
AH... HA
TU AS DE LA FAMILLE ?
OU...
OUI
J'AI UN FILS...
BRRR
BRRR

CELUI QUE TU ÉTAIS VIENT DE MOURIR !
SI TU AIMES VRAIMENT TON FILS ET QUE TU NE VEUX PAS QU'IL DEVIENNE ORPHELIN...
TU FERAIS BIEN DE TE COMPORTER HONNÊTEMENT À L'AVENIR !
SCHTAK
TU AS DE LA CHANCE D'ÊTRE TOMBÉ SUR MOI, CAR SINON...
TU SERAIS MORT À L'HEURE QU'IL EST !
PSCH
JE...
J'AI COMPRIS ...

BLA
BLA
HUIP
HUIP
MAIS OÙ EST-ELLE PASSÉE ? JE LUI AI POURTANT DIT...
... QUE C'ÉTAIT UN ENDROIT DANGEREUX
AH, LA VOILÀ !
TU ÉTAIS LÀ...
HEIN ?
DÉCIDÉMENT, CET ENDROIT EST VRAIMENT DANGEREUX SUR PLEIN DE POINTS !
VROUMMM
VROUMMM
VROUMMM
GÉNIAL !
LA VOILÀ !
LA VILLE EST UN IMMENSE O-PARTS...
ET CE N'EST PAS LOIN D'ICI, EN PLUS...

GAMINE, DÉPÊCHE-TOI DE NOUS PASSER TON PENDENTIF !
SINON, TU VAS PASSER UN TRÈS MAUVAIS MOMENT !
BROOOO
RB-35
CLONG
BON SANG, CE SONT DES HOMMES DE ZENOM !
J'ÉTAIS TOUTE SEULE !
BON SANG, J'ÉTAIS TELLEMENT PRÉOCCUPÉE PAR LES O-PARTS QUE...
JE NE ME SUIS PAS RENDUE COMPTE QUE...
GLOUPS

!!!
LA VOIX DE RUBY !
TOURNE
C'EST PRÊT D'ICI !
...
CLING
UN CRI DE FEMME ?
TU AS ENTENDU, BALL ?
VOILÀ VOTRE PLAT...
PLIC PLIC
AAAAHHH !
CLONG
JE DOIS FILER D'ICI !
PERSONNE NE VIENDRA T'AIDER...
... ET TES AMIS NE SEMBLENT PAS LÀ NON PLUS
JE CROIS QUE TU NE SAIS PAS VRAIMENT ...
... DANS QUEL PÉTRIN TU T'ES FOURRÉE !
HEIN ?

BRROOOO
SVOUSHHH
HUMPF
TU NE VAS PAS ALLER LOIN !
HA HA
PSCHHHH
VROAAAAAA
AAAAHHH
JE VAIS D'ABORD TE COUPER LES PATTES !
SVOUSHHHHH
CLIC
CLIC
AAAAHHHHHH

CLONG
MAIS QUE ?
ZZTTZT
IL A BRISÉ MON BRAS !
ZZTTZZZ
QUI ES-TU ?!
QUE S'EST-IL PASSÉ ?
JE VOUS PRÉVIENS, CE N'EST PAS EN TANT QUE MEMBRE DES FORCES DU GOUVERNEMENT,
MAIS POUR SAUVER CETTE FILLE...
QUE JE VOUS CONDAMNE
À LA PEINE DE MORT !
SVOUSH
LA FERME !

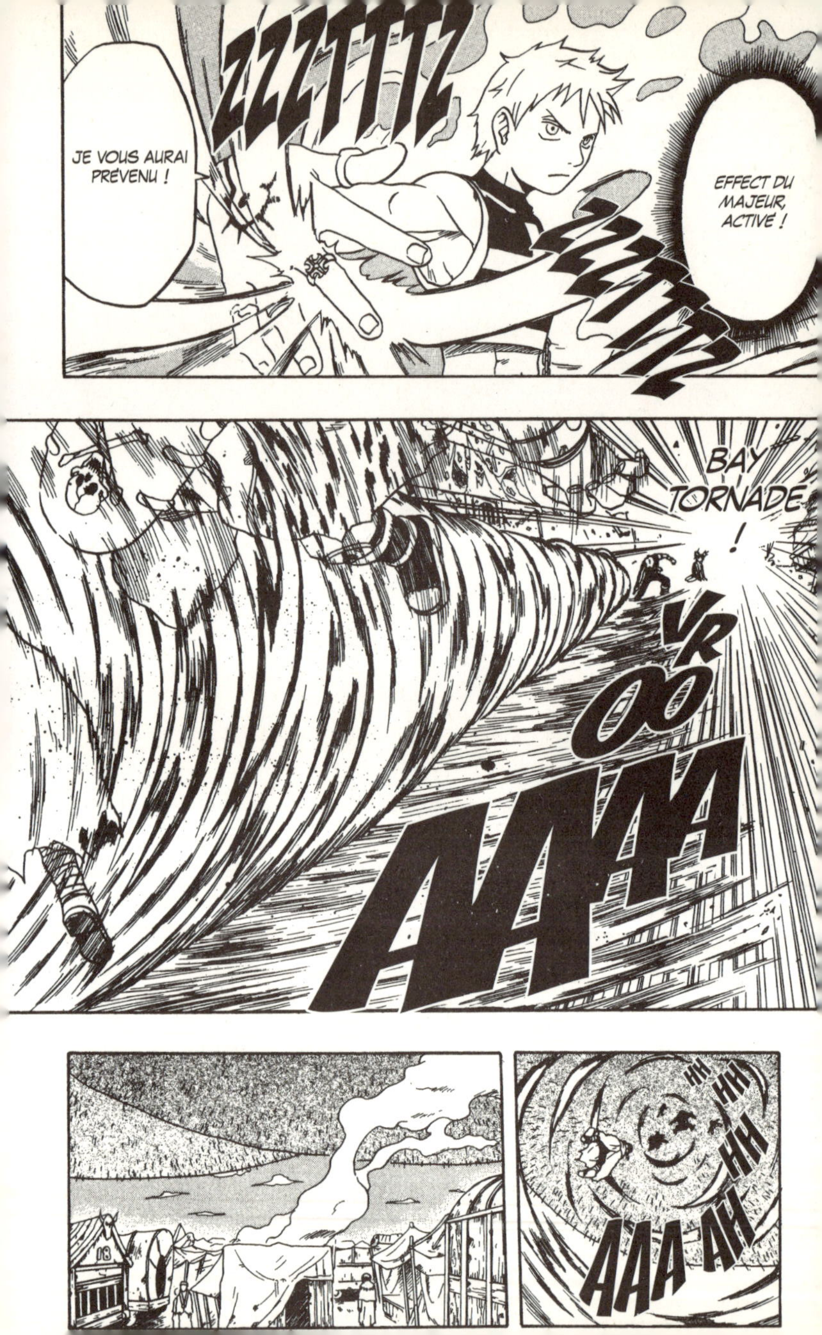
ZZZTTTZ
EFFECT DU MAJEUR, ACTIVÉ !
ZZZTTTZ
JE VOUS AURAI PRÉVENU !
BAY TORNADE !
VROOAAA
AAA AH HH HH HH HH

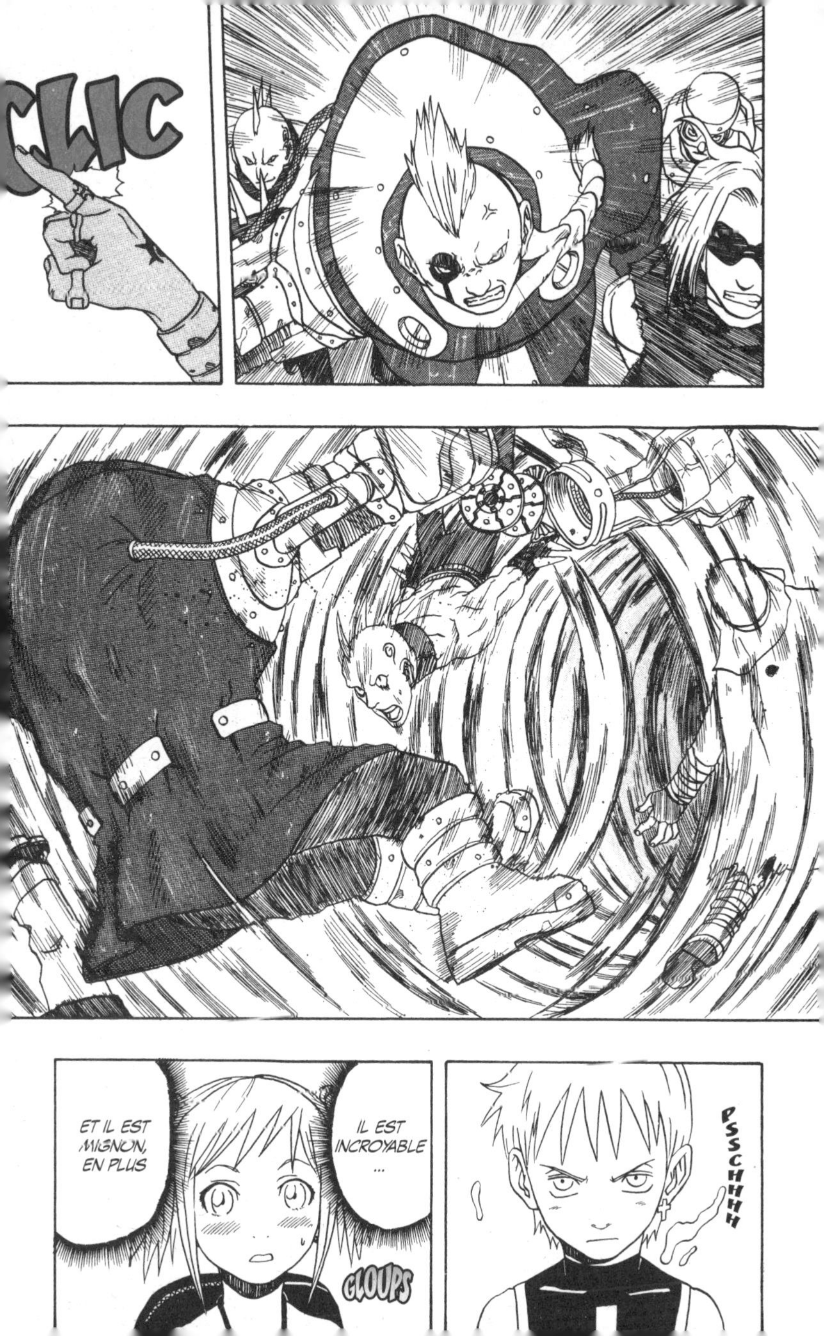
CLIC
PSSCHHHH
IL EST INCROYABLE ...
ET IL EST MIGNON, EN PLUS
GLOUPS

TOUT...
... VA BIEN ?
OUAW !
OUI, MERCI
JE VOUS REMERCIE...
GLOUPS
OH?!
GLOUPS
LILY !
OHHH
VOUS ÊTES TROUBLÉ PAR MA BEAUTÉ ?
BIEN SÛR QUE NON...
HEU, NON, JE...
SON REGARD... SE POURRAIT-IL QU'IL AIT EU LE COUP DE FOUDRE POUR MOI ?
TU FERAIS MIEUX DE NE PAS RESTER DANS LES ENVIRONS
SUR CE...
TAP
HEIN ?

IL PARAÎT AVOIR LE MÊME ÂGE QUE MOI, MAIS IL EST DRÔLEMENT PUISSANT
ET IL A DIT QU'IL FAISAIT PARTIE DES FORCES GOUVERNE-MENTALES...
SE POURRAIT-IL QU'IL SOIT ICI EN RECONNAISSANCE...
... ET QUE CET ENDROIT SOIT SURVEILLÉ...?
JE SAIS QUE PRÈS D'ICI IL Y AURAIT UNE VILLE QUI SERAIT UN O-PARTS À ELLE SEULE...
IL FAUT QUE J'AILLE VERS LE NORD...
TAP

ATTENDEZ ! DITES-MOI AU MOINS VOTRE NOM !
SCREEECH
TAP TAP
HEIN, HEU...
JE M'APPELLE...
TOTOC
OUI...?
TOTOC
NE TOUCHE PAS À RUBY, ENFLURE !
HEIN ?
TU FAIS PARTIE DES LEURS ?

ZZTTZTZXT
COMMENT SE FAIT-IL QUE JE NE L'AI PAS...
SENTI VENIR ?
IL EST DOUÉ !
DA
AF
OUARGHH !
LE VENT !
FFUIIITTT
ARGHHH
BAY TORNADE !

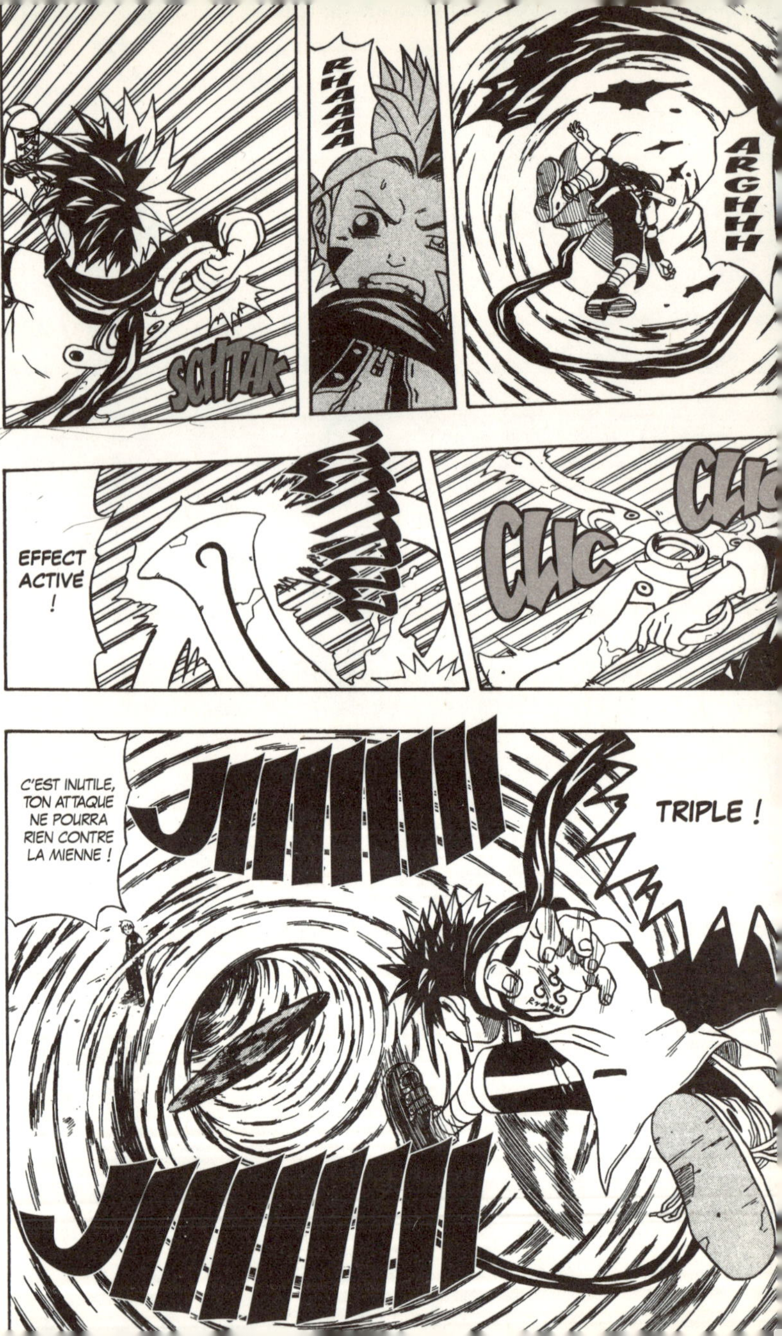
ARGHHH
RHAAAAA
SCHTAK
CLIC
CLIC
EFFECT ACTIVÉ !
TRIPLE !
C'EST INUTILE, TON ATTAQUE NE POURRA RIEN CONTRE LA MIENNE !

QUOI ?
SON ARME EST EN TRAIN DE TRANS-PERCER MA BAY TORNADE !?
QUELLE VITESSE ?!
HAAA !
SVO USH
CLING
CRRAACC
HAAA !
SVOUSHHH
OUF, JE L'AI ÉVITÉE !
HEIN ?

ZZTTZZTTTT
DANCE OF GALE !
ZZTTZZTTTT
ÇA ALORS, MAIS IL A COMBIEN D'ATTAQUES ?
C'EST QUI CE TYPE ?
CETTE FOIS, TU NE POURRAS PAS ÉVITER CETTE ATTAQUE !
ZUT, JE NE PEUX PAS ME DÉPLACER EN ÉTANT EN L'AIR...
JE N'AI PLUS LE CHOIX ! ÇA PASSE OU ÇA CASSE !

PPSCCHHHH
CONCENTRE-TOI BIEN !
OU SINON, TON ESPRIT VA SE LAISSER ENVAHIR PAR SATAN...
JE NE SAIS PAS CE QUE TU COMPTES FAIRE MAIS...
C'EST INUTILE, DE TOUTE FAÇON
RHAAAA
EFFECT ACTIVÉ !
ZZZTTZZZTT
FFUIII
FFIIU !

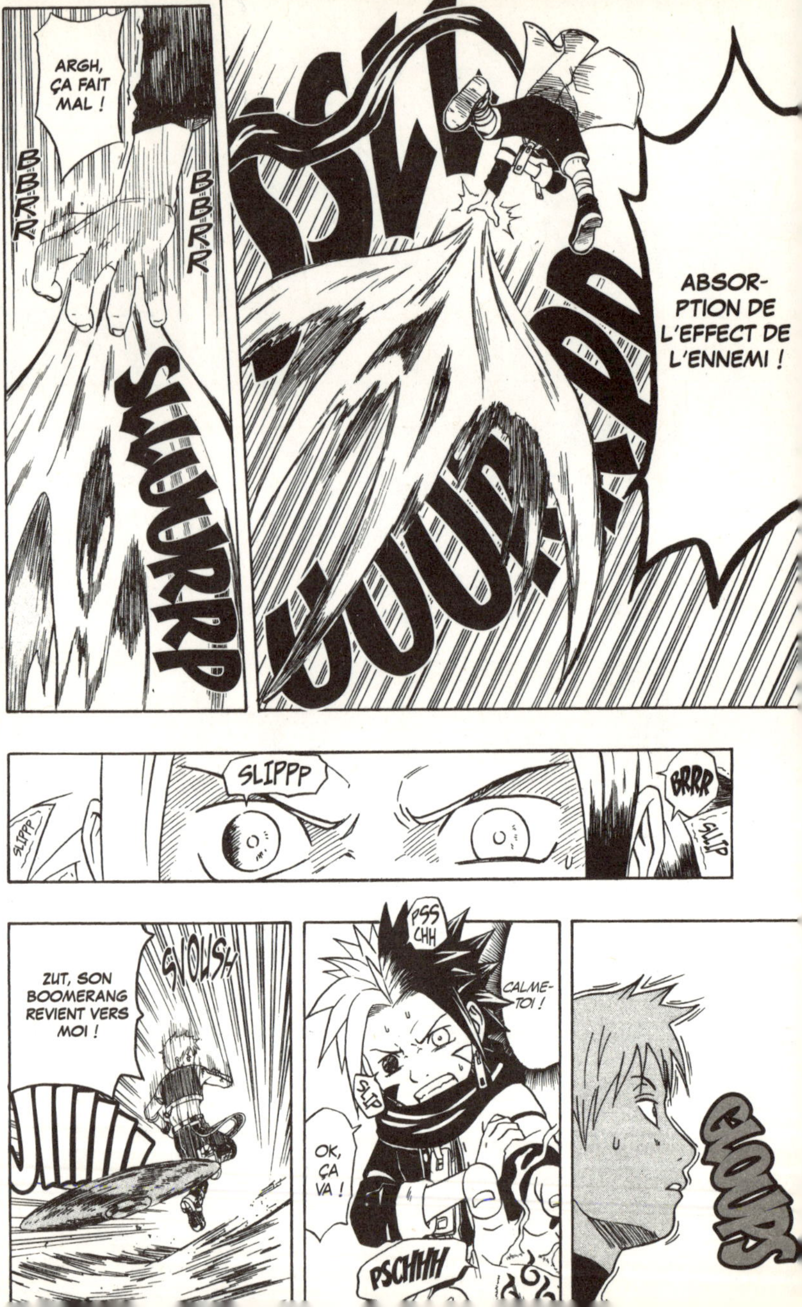
ABSORPTION DE L'EFFECT DE L'ENNEMI !
ARGH, ÇA FAIT MAL !
BBRRR
BBRRR
BRRR
SLIP
SLIPPP
SLIPPP
GLOUPS
PSS CHH
CALME-TOI !
SLIP
OK, ÇA VA !
PSCHHH
ZUT, SON BOOMERANG REVIENT VERS MOI !
SVOUSH

PUISSANCE DU VENT !
FFFU
IIIII
JIIIIII
SCHTAAAK
FFUII
FFUII
ÇA ALORS, IL CONTINUE DE FLOTTER DANS LES AIRS...
FFUII
CLIC
TAP
TAP
JE VOUDRAIS LES ARRÊTER MAIS...
JE N'Y ARRIVE PAS. JE NE SAIS PAS POURQUOI, JE SUIS COMME... PARALYSÉE...

666~SATAN~ VOLUME 7 / FIN

CATALOGUE DES O-PARTS (5)

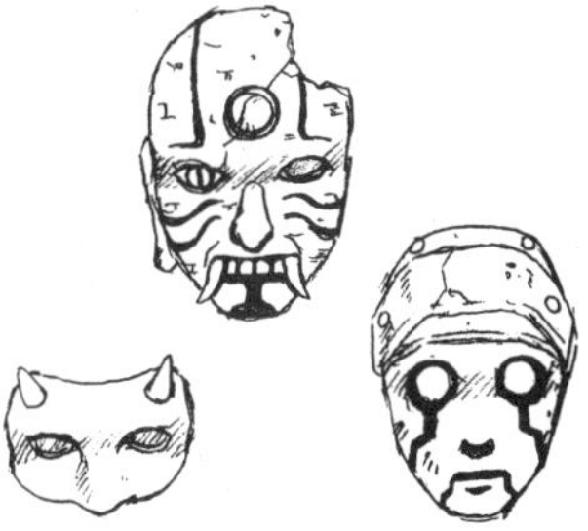

O-PARTS : MASQUE DE MAGIMA (HANYA - MAIHIME - KAGEMARU)
CLASSE : C
EFFECT : TÉLÉKINÉSIE - TÉLÉPORTATION (UNIQUEMENT QUAND LES 3 MASQUES SONT RASSEMBLÉS)
CE SONT LES 3 O-PARTS UTILISÉS PAR BAKU, SON FILS MÛ ET SA FILLE LEMU. LORSQUE LES 3 MASQUES CRÉENT UN CHAMP DE TÉLÉPORTATION APPELÉ "WARP", LEUR EFFECT ASPIRE L'ÉNERGIE VITALE DE LEUR PROPRIÉTAIRE. LES MASQUES PEUVENT CRÉER DES ILLUSIONS LORS DES COMBATS

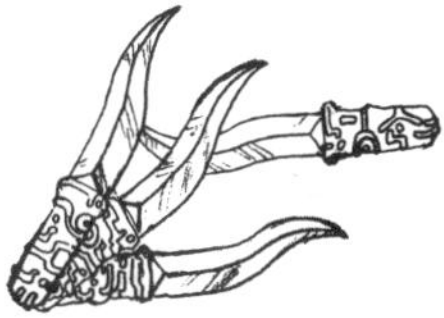

O-PARTS : MOSQUITO
CLASSE : B
EFFECT : SHADOW THROW
LE NOM DES COUTEAUX VIENT DES MOUSTIQUES. ILS ABSORBENT L'ÉNERGIE DES GENS OU DES OBJETS EN MOUVEMENT, COMME LES MOUSTIQUES ASPIRENT LE SANG DE LEURS VICTIMES. GRÂCE À LA PUISSANCE DE CES COUTEAUX, ELGA PUT DEVENIR UN CADRE SUPÉRIEUR DE L'ORGANISATION DE ZENOM

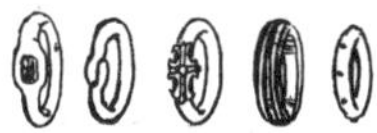

O-PARTS : JUSTICE
CLASSE : C
EFFECT : TERRE - ? - VENT - ? - ?
CE SONT LES 5 O-PARTS UTILISÉS PAR CROSS. LA PUISSANCE DE CES O-PARTS EST TERRIBLE LORSQU'ELLE EST UTILISÉE EN COMBINANT LES 5 EFFECTS

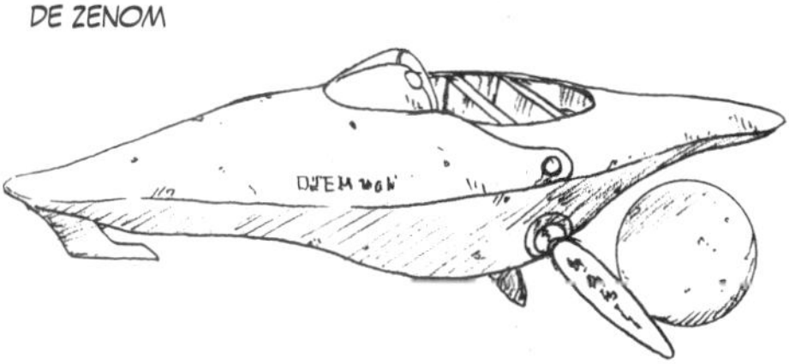

O-PARTS : ORPHEN
CLASSE : C
EFFECT : SUPRACONDUCTION MAGNÉTIQUE
C'EST LE NOUVEAU VÉHICULE DE JIO ET DE SES AMIS. JAJAMARU SEMBLE LE PILOTER FACILEMENT, MAIS TOUT LE MONDE RESTE SCEPTIQUE. SON DESIGN FAIT PENSER QUE LA CIVILISATION TRÈS ANCIENNE QUI DÉVELOPPA CE VÉHICULE, S'EST INSPIRÉE DES TRITONS DES SABLES, TRÈS PRÉSENTS DANS CETTE RÉGION

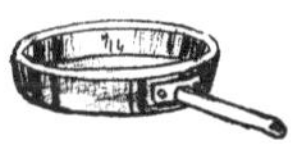

O-PARTS : POÊLE À FRIRE
CLASSE : E
EFFECT : FEU
C'EST UN OBJET INDISPENSABLE POUR TOUS LES O.P.T. QUI VOYAGENT SOUVENT. ON NE PEUT L'UTILISER COMME ARME. IL PARAÎT QUE LES RIZ CANTONAIS CUITS DANS CETTE POÊLE SONT LES MEILLEURS JAMAIS CUISINÉS

TITRE ORIGINAL :
SATAN 666 (VOLUME 7)

COLLECTION DIRIGÉE PAR :
GRÉGOIRE HELLOT

TRADUCTION :
PIERRE GINER

LETTRAGE :
GB ONE

ISBN : 978-2-351-42061-4

KUROKAWA - 12, AVENUE D'ITALIE - 75627 PARIS CEDEX 13

DÉPÔT LÉGAL : OCTOBRE 2006
NOUVEAU TIRAGE : OCTOBRE 2007
IMPRIMÉ EN FRANCE PAR HÉRISSEY

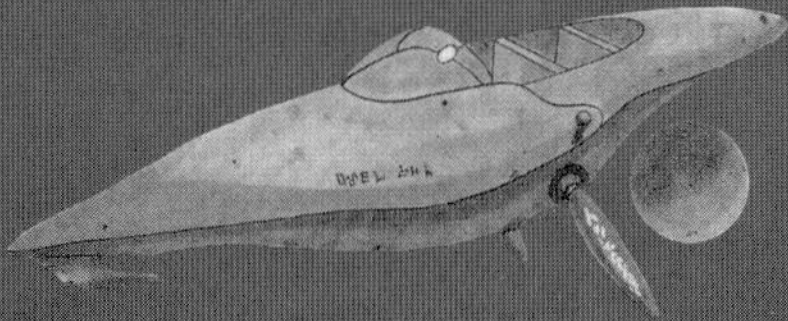

SATAN

THE NUMBER OF BEAST 666